Todos os direitos reservados à editora.

Publicado por Giz Editorial e Livraria Ltda.

Rua Capitão Rabelo, 232
Jd. São Paulo – São Paulo – SP – 02039-010
Website: www.gizeditorial.com.br
E-mail: giz@gizeditorial.com.br
Tel/Fax: (11) 3333-3059

as 3 Princesas Negras
e outros contos dos Irmãos Grimm

Tradução e adaptação de
Georgette Silen

Ilustrações de Jean Galvão

GIZ
EDITORIAL

São Paulo, 2014

© 2014 de Georgette Silen
Título Original em Português: As Três Princesas Negras e outros contos dos Irmãos Grimm.

Coordenação Editorial: Simone Mateus
Editor: Walter Tierno
Assistente Editorial: Taciani Ody
Revisão: Sandra Garcia Cortez
Ilustrações de capa e miolo: Jean Galvão
Editoração Eletrônica: Equipe Giz Editorial
Impressão: Gráfica Vida & Consciência

Dados Internacionais de Catalogação na Publicação (CIP)
(Câmara Brasileira do Livro, SP, Brasil)

Silen, Georgette
  As três princesas negras e outros contos dos Irmãos Grimm / Irmãos Grimm ; tradução e adaptação Georgette Silen, — São Paulo : Giz Editorial, 2013.

  ISBN: 978-85-7855-220-6

  1. Contos - Literatura Juvenil I. Grimm, Wilhelm Karl, 1786-1869. II. Grimm, Jacob 1785-1863. III. Título.

13-13568   CDD-028.5

Índice para Catálogo Sistemático
  1. Contos : Literatura juvenil   028.5

É PROIBIDA A REPRODUÇÃO

Nenhuma parte desta obra poderá ser reproduzida, copiada, transcrita ou mesmo transmitida por meios eletrônicos ou gravações, assim como traduzida, sem a permissão, por escrito do autor. Os infratores serão punidos pela Lei n° 9.610/98

Impresso no Brasil / Printed in Brazil

Para Morgana Souza Viana, minha sacerdotisa de além-mar, e Aicha Souza Viana, a luz da minha vida.

Agradecimentos:
Ao ilustrador Jean Galvão, por ter topado esta aventura, e ao escritor Celso Sisto, pela honra de ler e prefaciar este livro. Ambos tornaram este sonho muito mais que real, o deixaram inesquecível para mim.

Sumário

Contos de fadas para sempre... 9

As Três Princesas Negras 15

Os Três Homenzinhos da Floresta 37

Os Três Corvos 63

As Três Penas 81

As Três Fiandeiras 105

As Três Folhas da Serpente 123

As Três Irmãs 141

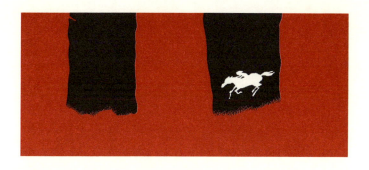

Contos de fadas para sempre...

Continuo acreditando que ninguém resiste ao fascínio de um bom conto de fadas. Eu mesmo sou um leitor frequente deles. Adoro esse clima de magia feérica que povoa esses contos, bem como os objetos mágicos, as soluções inesperadas (e muitas vezes incríveis!), as punições redentoras e os finais felizes. Tudo é condensado e, para o bem da trama, há uma agilidade narrativa que mantém o leitor preso até o ponto final.

Essas histórias são eternas. Atravessam o tempo e continuam encantando. Sempre que alguém se dispõe a recontá-las, maior se torna o círculo dos que são marcados por essas narrativas. As crianças adoram. Os adultos vibram mesmo porque através dessas histórias podem revisitar a criança que foram. Os jovens (apesar de muitas vezes fingirem o contrário) reconhecem a fantasia extrema, mas gostam do clima de amor que envolve a maior parte desses contos. Quem não gosta de um final feliz? Principalmente quando este acaba por premiar todos os sacrifícios que alguém tem de empreender para ficar ao lado da pessoa amada. E por castigar aqueles que abusaram do direito da conquista a troco da infelicidade alheia e da enganação, ou da ambição desmedida e da inveja.

No final das contas, essas histórias são atemporais e atraem distintos públicos, porque lidam com sentimentos e com a constituição de caracteres que são típicos do ser humano, em qualquer tempo e lugar.

Estamos, com essas histórias, também diante de histórias de travessias: a passagem de uma etapa da vida a outra condicionou os estudiosos a verem essas narrativas como ritos de passagem, e como o processo de constituição do herói, seja ele príncipe, camponês, filho mais novo, irmã caçula ou irmão valente. Um trajeto onde se deixam coisas e se adquirem novos valores. A transformação é a palavra de ordem. Do ponto de partida ao ponto de chegada, emerge um novo sujeito. E o leitor serve de testemunha para as mudanças. E vai vendo o desenrolar do fio da vida na direção inevitável do final, que para muitos é a morte. Vida e morte andam juntas, afinal.

Os autores contemporâneos, ao lidarem com histórias herdadas da tradição oral, que abarcam e resguardam o enorme caudal da oralidade, muitas vezes não conseguem encontrar uma maneira original e muito menos autoral de se apropriar desses textos. A manutenção da essência requer preservação, mas os novos tempos podem pedir renovação. Mexer nesse fundo comum é mexer também na tradição. E encontrar um caminho que não seja o da repetição inócua, mas que mantenha o frescor e o encantamento. De forma reverente e com respeito, quem reconta está autorizado a fazer adaptações. Às vezes, até subversões.

É isso o que vamos encontrar na coletânea recontada e adaptada por Georgette Silen. Estamos diante de uma variedade de histórias, que nem sempre são as mais populares entre os leitores brasileiros e por isso mesmo já capazes de despertar um grande interesse.

Indo beber na fonte dos irmãos Grimm, a autora encontrou um veio criativo e próprio para contar as histórias de modo potente e único.

Para os mais cabalísticos (ou matemáticos!), estamos diante de 7 contos e todos eles contêm o número 3. Sete é o número da Criação. Indica a relação entre o divino e o humano (e esses contos não são exatamente isso? Uma maneira de demonstrar a relação entre o concreto e o abstrato, entre o racional e o emocional, entre a realidade e a fantasia, entre o homem e os seres mágicos?). A união entre Céu e Terra, entre Bem e Mal também está na base dessas histórias que aqui encontramos.

Mas há ainda a força do três, o número da perfeição, do equilíbrio. A soma do positivo e do negativo faz aparecer o neutro, a zona de proteção. Para reforçar que essas histórias são tanto uma viagem pela paisagem externa, quanto pelo mundo interior, o três está aí para conferir poder ao afloramento desse reino de dentro: corpo, mente e espírito se complementam. Só isso já embeleza essa antologia.

Mas ainda temos o que pra mim, como leitor de algum modo privilegiado, desponta como principal elemento lúdico dessa obra: o convite ao enigma! Pode ser um belo desafio descobrir quais histórias estão presentes em cada história recontada no livro. O leitor mais atento e com maior bagagem vai perceber que a autora mistura muitos motivos (episódios, elementos) de várias histórias numa única história. Vai perceber que há certa ênfase no terrorífico (sem tentativas de evitar o macabro), alguns rasgos poéticos e uma predominância da fantasia. Por exemplo, vai detectar que na primeira história (*As Três Princesas Negras*) há pontos de contato com Barba Azul, Eros e Psiquê e A mulher do Pescador; que na segunda história (*Os Três Homenzinhos da Floresta*) há elementos de Branca de Neve e Cinderela; que na terceira história (*Os Três Corvos*) é possível reconhecer a presença de Cachinhos Dourados e A Chave Dourada, e assim por diante. Ato contínuo, vai reconhecer, à medida que passeia pelos contos da coletânea, A Bela Adormecida, A Princesa e o Sapo, O Pássaro de Ouro, etc. Esse jogo de percepção (e memória) pode ser também um gostoso divertimento.

Por fim, podemos louvar o fato de que os contos de fadas estão na base de muitas outras obras de arte, que vão desde balés até filmes, de óperas a roteiros de histórias em quadrinhos. E vira e mexe, voltamos a eles! Este livro é a prova! A convivência pacífica entre a realidade e a fantasia só pode nos encher de esperança: no mundo do faz de conta a felicidade é uma construção do maravilhoso e da justiça.

Que venham as releituras! Mágicas, poéticas, inebriantes como essas, mas, sobretudo, fonte de alimento para a paz. Para que possam voar com outras histórias que igualmente atravessarão os tempos.

Que o tempo da leitura deste novo livro seja também um tempo de reconhecimento da importância e da necessidade de se oferecer ao imaginário fontes inesgotáveis e inesquecíveis.

Celso Sisto
Escritor, especialista em LIJ, crítico literário,
Primavera de 2013

As Três Princesas Negras

Um povoado da Ásia Oriental havia sido sitiado por uma nação rival.

Em toda parte, repetiam-se as ameaças do inimigo: ele não levantaria o cerco até que certo montante em dinheiro fosse pago. Um prazo fora estabelecido para o pagamento, e as ameaças de morte e destruição, redobradas.

O prefeito, temendo por sua vida, fez o que se espera de homens com muito poder e nenhum caráter: fugiu na calada da noite. Levou consigo o ouro dos cofres, deixando o povoado entregue à própria sorte. Na manhã seguinte, ao descobrir, o povo foi para as ruas.

Com o toque dos tambores, a população silenciou para ouvir a proclamação urgente dos conselheiros, que tentavam encontrar uma solução para o problema.

– Aquele que pagar o resgate e libertar nosso povo, será proclamado nosso novo prefeito – dizia um dos conselheiros mais velhos, encurvado pelo peso da idade e de outras tantas decisões.

Olhares de medo tomaram as faces dos ricos, que não desejavam abrir mão de suas fortunas mesmo diante de tal oferta. E a esperança encheu os rostos dos habitantes mais humildes.

Na periferia da cidade, um pobre pescador e seu filho estavam no lago, pescando. O som do trotar de cascos de cavalos os surpreendeu enquanto amarravam o barco no trapiche e recolhiam o fruto do trabalho daquele dia. Na estradinha, viram três cavaleiros em armaduras negras se aproximando. Seus elmos tinham detalhes em branco ao redor das viseiras, como se fossem olhos pintados, e os cavalos exibiam olhares escarlates.

O filho do pescador, temendo estar diante de um ataque dos invasores, abandonou as redes e gritou:

– Pai, tenha cuidado! – correu para protegê-lo, mas não conseguiu alcançá-lo.

Trapiche é uma ponte de madeira que segue da margem para dentro de rios e lagos, evitando que os barcos encalhem em terra firme.

Um dos cavaleiros negros lançou uma corda contra o rapaz. Ela se enrolou em seus tornozelos, fazendo-o cair. O cavaleiro o arrastou pelo chão e içou-o para sua montaria, prendendo-lhe as mãos. Em seguida, o encapuzou.

– Não, por favor! Ele é meu único filho! Tomem minha vida, mas poupem a dele! – pediu o pescador, erguendo as mãos.

Os invasores esporearam os cavalos. Eles empinaram, relinchando. Outro cavaleiro atirou aos pés do homem um saco, cheio de moedas.

– Tem aqui o pagamento pelo garoto! – as vozes dos três cavaleiros disseram ao mesmo tempo. Rodearam o pescador e partiram a todo galope.

O pobre homem correu atrás deles. Mas era velho e logo se cansou. Voltou para casa, lamentando a perda do filho e pensando em como contá-la a sua esposa. No meio do caminho, lembrou-se dos conselheiros. E foi à cidade para buscar auxílio. Chegou à praça central e viu que ela estava em polvorosa. Aproximou-se, abrindo passagem à força entre o populacho, e gritou:

– Senhores conselheiros! Senhores conselheiros! Eu preciso de ajuda! – tentava agarrar suas roupas, para chamar a atenção.

– Cale-se, ancião! – berrou um dos conselheiros, reconhecendo o pescador. – Nosso povoado está em crise! Os invasores estão às nossas portas e nos matarão se não lhes pagarmos tributo. Estamos procurando soluções e não temos tempo para suas tolices!

Os conselheiros, na verdade, não davam importância ao pescador. Ele era muito pobre e simplório para ser ouvido. Viraram-lhe as costas.

Acreditando que o ataque que sofrera naquela manhã tivesse sido provocado pelos invasores, o pescador falou bem alto:

— Meus senhores, os inimigos já atravessaram as fronteiras! Eu os vi hoje! Eles levaram meu filho!

Gritos de medo encheram o lugar. As mulheres agarraram as crianças e fugiram para suas casas. Outro conselheiro encarou o homem, com raiva.

— Como ousa criar mais pânico? – disse, cara a cara com ele. – Isso é mentira! Os vigias teriam nos alertado sobre uma invasão. E, de qualquer forma, se fosse verdade, de que nos vale somente a vida de seu filho, quando todas correm perigo? Vá embora! Estamos ocupados!

— Mas, senhor conselheiro... É meu filho! E eu posso pagar para que o mandem resgatar.

Dizendo isso, o pescador exibiu um saco cheio de moedas. Os conselheiros se calaram e arregalaram os olhos. O mais velho deixou a cadeira e tomou nas mãos o dinheiro. Suas vidas seriam salvas por aquele a quem sempre haviam ridicularizado!

— Este homem atendeu ao chamado da proclamação! – anunciou, aos brados. – Ele trouxe o resgate de nossa cidade!

— Viva o nosso novo prefeito! – ouviram-se gritos entusiasmados da população na praça.

O pescador, que de nada sabia sobre o decreto, foi carregado por seus conterrâneos. Horas depois, ostentava os trajes de sua nova posição.

Graças ao ocorrido, o povoado ficou livre da ameaça. O pescador, entristecido, se mudou para uma das moradias mais luxuosas de lá. Sua esposa, contudo, chorava dia e noite pela perda do filho. O novo prefeito ordenou várias buscas ao rapaz, mas sem sucesso. Mensageiros foram enviados à nação rival à procura dele, mas seu líder alegou não manter prisioneiros nem conhecer os cavaleiros negros que o haviam sequestrado.

O filho do pescador havia desaparecido, sem deixar rastros.

Diante da dor, os homens mudam. Alguns ganham sabedoria, outros não. O ex-pescador tomou o caminho mais sombrio. A amargura agiu como um poderoso veneno para sua alma.

"Durante anos fui desprezado por ser pobre. Mas agora tenho poder", justificou-se. Tornou-se mesquinho, arrogante. Aquele que não dissesse "senhor prefeito" à sua passagem era imediatamente condenado a morrer na forca. E os moradores, com medo, dobravam-se. Sua esposa, ao ver aquilo, chorava mais e mais.

Assim o povoado seguiu com a vida, colhendo os frutos amargos de sua salvação.

Muito distante, os três cavaleiros negros cavalgavam. Os cascos de seus cavalos criavam chispas de fogo nas pedras do solo. Em um determinado ponto, pararam. O filho do pescador teve o capuz retirado e foi jogado ao chão. Um dos cavaleiros amarrou suas mãos a um galho de árvore.

– Voltaremos em um ano e sete noites, filho do pescador – os três disseram e se foram a galope.

O rapaz ficou sozinho, vendo a poeira desaparecer pela estrada.

"Um ano e sete noites? Que loucura é essa?", ele pensou, apavorado. Preso como estava, certamente morreria muito antes disso.

Atrás de si havia uma floresta, escura como carvão, e uma montanha, cujo cume era coberto de nuvens. O rapaz não conhecia aquele lugar. Porém, mais assustador do que não saber onde estava era o receio de ficar à mercê dos animais da mata. E para aumentar seu temor, o sol começava a se inclinar no oeste.

"Não ficarei aqui, indefeso, perante os comedores de carne de gente!", decidiu. Usando os dentes, passou a desfiar a corda que lhe prendia os pulsos. Eles sangraram, mas as fibras se romperam.

Olhou ao redor e analisou suas opções. Se seguisse pela única estrada adiante, poderia topar novamente com seus captores. E sabe-se lá para onde mais o levariam. Se fosse pela floresta, correria o risco de servir de refeição aos leopardos e tigres.

"Se eu conseguir alcançar aquela montanha, talvez possa me esconder em alguma caverna e procurar ajuda pela manhã", ele resolveu.

Caminhou para a encosta. Alcançou-a ao pôr do sol, que deixava a paisagem mergulhada em vermelho. Iniciou a escalada. Os ferimentos em seus pulsos cobravam o esforço. Algum tempo depois, sentou-se em um promontório, ofegante. Abaixo dele, um rugido felino fez seus pelos se arrepiarem.

O filho do pescador tomava fôlego para continuar a subida. Nesse momento, ouviu o som de *crecs* acima da cabeça. Pedriscos rolaram, acertando sua testa. De repente, a parede da montanha começou a se abrir. Uma ponte de rocha deslizou, com um baque ensurdecedor. O rapaz quase foi esmagado por ela.

A poeira baixou, e ele pôde ver uma entrada. Luzes de archotes brilhavam por ela. Um novo rugido, agora próximo, fez o rapaz correr para a abertura. Ela se fechou assim que ele passou.

Tochas.

O filho do pescador ficou frente a frente com um castelo, muito parecido com aqueles das histórias encantadas contadas pela mãe. Era negro, com lajotas pretas no chão e blocos maciços. Suas torres tocavam o teto do interior da montanha e pelas janelas transparecia uma luminosidade tênue. Ele atravessou o batente, cauteloso.

Seguiu pelos corredores iluminados por tochas. Os móveis eram negros; das paredes pendiam flâmulas e cortinas escuras. As chamas dos archotes faziam a sombra do rapaz crescer à frente, enquanto caminhava.

Cruzou um corredor e foi atraído pelo aroma agradável que vinha de dentro de um cômodo. No salão espaçoso, havia uma mesa posta com comida e bebida. A toalha era negra, os pratos, talheres, copos, as velas e castiçais, também. Parecia não haver outro tom naquele ambiente.

Parou diante da mesa. O estômago roncou. Estava faminto! Estendeu a mão, mas hesitou. Lembrou-se das histórias da mãe. E se provasse a comida e ficasse preso ali?

– Você já está preso, filho do pescador – as vozes suaves o assustaram.

Três pares de olhos brilharam à luz das velas. Três mulheres saíram das sombras como se fossem parte delas. Vestidas em sáris pretos, elas não caminhavam, e sim flutuavam. Seus rostos, ocultos por máscaras brancas, acentuavam os olhos escuros. Cercado pelas figuras que se moviam lentamente, ele suava frio.

– Não precisa ter medo, filho do pescador. Não iremos machucá-lo – elas continuaram simultaneamente, como se as bocas fossem conectadas. – Você não foi trazido de tão longe

O sári é um traje nacional das mulheres indianas, constituído de uma longa peça de pano de seis metros que envolve e cobre todo o corpo.

para que desperdiçássemos sua presença. Sacie a fome e a sede. É nosso convidado.

O rapaz olhou-as com desconfiança. Sentindo sua relutância, elas se sentaram à mesa e esperaram. A barriga dele se torceu num espasmo. Não resistiu. Comeu e bebeu. Satisfeito, recostou-se no assento.

As três jovens se entreolharam, cruzando as mãos sobre a mesa ao mesmo tempo.

– Agora que provou de nossa hospitalidade, filho do pescador, ouça o que temos a dizer – elas disseram em ecos, fazendo o rapaz ter náuseas. – Somos as três princesas deste castelo. Há muito tempo estamos presas aqui, esperando por um herói. Você é esse herói. Liberte-nos e lhe daremos tudo o que desejar.

"Elas não se parecem com as 'princesas indefesas' das histórias", ele pensou. O rapaz experimentou a sensação de estar preso em um pesadelo, sem conseguir acordar.

– Eu... – ele respondeu, com cuidado. – Eu ficaria feliz em ajudá-las, mas não sei se sou indicado para isso... Sou só um filho de pescador, não um guerreiro.

– Nossos três irmãos o escolheram, ao cavalgarem por sua terra. Eles o trouxeram. Nunca se enganariam em seu juízo – elas responderam, e ele se lembrou dos cavaleiros negros, com elmos de detalhes brancos. – A cada um ano e sete noites, eles vasculham os reinos à procura daquele que poderá nos libertar. E agora, esse alguém é você! Nossos irmãos pagaram por sua vida; nós aplacamos sua fome. Temos o direito de exigir que faça sua parte. Ajude-nos ou compartilhe de nossa prisão. A escolha é sua.

"Achei que estavam me pedindo um favor", o rapaz engoliu a irônica ameaça.

As princesas davam as cartas ali, ele já havia percebido. Aquele lugar cheirava a magia, e ele não sabia como lidar com ela ou se livrar.

– E o que devo fazer? – perguntou.

As três princesas negras ficaram de pé. Circundaram sua cadeira. Ele não ouvia o som de seus passos nem sentia a respiração delas, enquanto falavam ao seu ouvido:

– Ficará aqui por um ano inteiro. Durante esse tempo, não deverá falar conosco. Nem olhará para nós. Se conseguir, lhe daremos o direito de nos pedir qualquer coisa. Terá sete dias para usufruir de seu desejo. Então deverá retornar, para nos libertar. Se não voltar, nossos irmãos irão atrás de você.

O jovem concordou. Não tinha alternativa.

Por um ano, evitou qualquer contato com as três princesas negras. Não foi uma tarefa fácil. Silenciosas, elas surgiam das sombras a qualquer momento. Ele tivera de recorrer à astúcia e inteligência: usou um capuz para não vê-las, andando como um cego pelos corredores.

Várias vezes elas o chamaram, mas ele não respondeu. Em outras ocasiões, julgara ter ouvido as vozes suplicantes de seu pai e sua mãe. Apertara os lábios e nada dissera. Temia ser um truque para fazê-lo falhar.

O isolamento imposto o tornou mais pensativo. Ele, que sempre dependera da força dos músculos, passou a se conhecer melhor, descobrindo facetas de si mesmo que nem desconfiava existir. A contemplação solitária o havia amadurecido.

Ao final de um ano, o filho do pescador havia conseguido vencer o desafio das três princesas negras.

Teve certeza disso ao perceber que elas vieram, deslizantes, e o tomaram pelas mãos. Conduziram-no para o salão e as velas se acenderam. Retiraram-lhe o capuz e seus olhos piscaram, desacostumados à luz. A mesa fora posta.

Comeu e bebeu em silêncio. Ao terminar a refeição, elas disseram em uníssono:

– Cumpriu sua parte, filho do pescador. Agora cumpriremos a nossa. O que deseja?

O rapaz aprumou o corpo e pediu, decidido:

– Quero retornar à minha terra, para rever meus pais.

Elas concordaram. Uma delas se aproximou e o cobriu com um manto escuro.

– Não tire o manto se quiser que ninguém o reconheça – orientou.

A segunda veio e lhe deu uma bolsa com moedas de ouro.

– Use este dinheiro quando ele não puder comprar o que não está à venda – ela alertou.

A terceira conduzia pelas rédeas um cavalo negro, com uma mancha branca no focinho.

– Vá para sua terra, filho do pescador. Em sete dias, monte este cavalo, e ele o trará de volta para que possa nos libertar – ela avisou.

> *O cadafalso é um estrado ou tablado erguido em lugar público para serem expostos ou executados os condenados, seja na forca, em fogueiras, decapitações, etc.*

Ele montou. Instantaneamente, o cavalo e o rapaz apareceram no leste, em seu povoado. Apeou do animal, que se afastou, e caminhou. Estranhou a quietude e o cadafalso na praça central. As pessoas evitavam olhar para a forca.

Seguindo uma intuição, puxou o capuz do manto sobre a cabeça – para não ser reconhecido – e rumou para casa. Encontrou um casebre desabitado, com portas e janelas destruídas. Foi ao lago, onde costumava pescar. Nenhum sinal dos pais.

Poucos pescadores estavam no local, alguns dos quais ele conhecia, e lhes perguntou:

– Por onde anda o pescador que mora na casa no início da ponte?

Os homens se entreolharam. Sem saber quem era o rapaz, o mais velho deles respondeu:

– Senhor, nunca mais repita isso se quiser viver! Se o prefeito souber que o chamou de pescador, irá para a forca!

Então ele descobriu que seu pai era o prefeito. E soube o quão cruel havia se tornado. Seus olhos se encheram de lágrimas.

"Não pode ser meu pai. Que espécie de feitiço o dominou?", ele se perguntava enquanto marchava para a residência oficial.

Parou defronte à casa. Ia bater à porta, mas viu que as pessoas apontavam para o começo da rua. Um homem, preso em correntes, vinha escoltado por guardas. Atrás deles caminhava seu pai, vestido em rica seda. O olhar do prefeito era duro. O rosto tinha uma expressão fria, a mesma que os mortos exibiam nos funerais.

Alcançaram a praça, próximo dali. O rapaz ouviu o pai dizer aos carrascos no cadafalso:

— Assegurem-se de que o nó da corda esteja firme. Quero que este infeliz pague rápido por sua ousadia!

Vendo o que iria acontecer, o filho do pescador se adiantou.

— Pescador! O que temos aqui? – ele perguntou.

Os olhares das pessoas o fitaram, temerosos. O do prefeito ficou raivoso.

— Insolente! Como ousa me tratar assim? – ele rugiu para o rapaz.

— Quanto quer pela liberdade deste homem, pescador? – o jovem perguntou, sem se importar com a fúria, e balançou a bolsa de ouro.

A visão da bolsa trouxe ao prefeito a lembrança do dinheiro dado em troca do filho. Uma dor o trespassou. Ele respondeu, rudemente:

— Acha que o ouro pode comprar qualquer coisa? Pois eu lhe digo que não! Nem tudo está à venda! – ele pensava no filho perdido. – Mas pagará pela ofensa que me fez!

— Não desejo comprar seu orgulho ferido. Quero poupar a vida deste inocente! – o rapaz respondeu.

— Se é isso o que quer, tome o lugar dele! Uma vida pela outra! – o prefeito argumentou.

— Eu aceito! — retrucou o filho do pescador. — Todo o ouro que existe não seria suficiente para pagar por uma vida. Sabe bem disso, não é, pescador? "Tomem minha vida, mas poupem a dele."

O prefeito ouviu aquelas palavras e lembrou-se de quando elas lhe foram ditas pelos cavaleiros negros que levaram seu filho, mas nada disse. Seu coração despedaçado remoía dores passadas. Encarou o estranho de manto e acenou para o guarda. Ele passou os grilhões nos pulsos do jovem, sem retirar-lhe o capuz. Os conselheiros, como sempre, testemunharam, mas não interferiram. A autoridade do prefeito era inquestionável.

Ao se cruzarem no cadafalso, o ex-condenado tomou a mão do rapaz.

— Obrigado, senhor! Muito obrigado — agradeceu.

A cena atraíra muitos curiosos. A praça estava cheia. Todos queriam saber quem era o forasteiro que desafiara a ira do homem mais poderoso daquele lugar. O filho do pescador deixou que a corda fosse passada pelo seu pescoço.

— Deseja dizer algo antes que o carrasco cumpra sua sentença? — o prefeito perguntou.

O rapaz ergueu as mãos e atirou para trás o capuz do manto, revelando-se.

— Sim, eu desejo — ele respondeu. — Peço que enterrem meu corpo em frente à cabana do velho pescador, que outrora foi meu pai. Ele era um homem bom, e quero repousar em um túmulo sem máculas.

O prefeito caiu de joelhos. Sua esposa, que assistia a tudo, correu para a forca. Abraçou o filho, aos prantos. O prefeito ficou em pé, emocionado. Arrancou suas joias e brasões oficiais, atirando-os ao chão, e proclamou:

– Eu abdico de minhas funções! Há um ano perdi algo que nem todo o dinheiro do mundo poderia comprar: meu filho. Mas hoje ele está de volta! O filho do pescador!

O povoado voltou a respirar, aliviado.

Nos dias que se seguiram, o rapaz ajudou o pai a reconstruir a casa da ponte. O pescador era outra vez um homem alegre e sorridente.

Porém, todas as tardes, ao pôr do sol, o cavalo negro de focinho branco aparecia do outro lado do lago, lembrando ao filho do pescador da promessa que fizera. E da ameaça que pairava sobre ele. O rapaz então contou à família o que lhe havia acontecido no último ano.

– Devo retornar ao castelo das três princesas e libertá-las – ele afirmou. – Mas fique tranquilo, meu pai. Assim que cumprir meu juramento, eu voltarei.

A mãe, conhecedora das histórias dos antigos, reconheceu o perigo que o filho corria. "Isso não é uma coisa boa, provavelmente", ela pensou. Na noite anterior ao sétimo dia, ela foi ao seu quarto e lhe deu uma vela especial, dizendo:

– Filho, vá e honre sua palavra, se isso o faz se sentir melhor. Mas lembre-se: para toda maldição, há um motivo. Leve esta vela com você. Acenda-a no castelo. Ela lhe mostrará a verdadeira face dos que lá habitam.

O filho do pescador guardou a vela consigo. Na manhã seguinte se despediu dos pais. Montou no cavalo e num piscar de olhos voltou à montanha da floresta.

Entrou no castelo e acendeu a vela. A chama fez com que os corredores se mostrassem diferentes. Teias de aranha e rachaduras pareciam estar ali há séculos! Havia amontoados de pedras e blocos em desordem, além de tapeçarias e móveis em ruínas.

O rapaz se dirigiu para o salão. As princesas não estavam a sua espera.

A vela afastava as sombras, revelando corredores desconhecidos. Seguiu um deles e encontrou uma porta de madeira negra. Tocou a maçaneta e ela se abriu.

A chama da vela afugentou a escuridão do interior do cômodo.

Ali eram os aposentos das três princesas. Elas dormiam numa cama larga, coberta por um dossel de tule negro. O rapaz caminhou devagar, observando-as. Um murmúrio abafado atraiu sua atenção, e ele olhou para as paredes.

Dependuradas, centenas de máscaras brancas se espalhavam por elas, subindo ao teto. Mas ao analisá-las com atenção, percebeu que não eram somente máscaras como as das princesas, mas rostos.

O dossel é uma armação que sustenta cortinas de tecidos e franjas, colocado em altares, tronos e camas.

Rostos humanos! E estavam vivos! Piscavam os olhos por causa da luz sagrada da vela.

"Fuja, filho do pescador! Vá embora! Corre um grande perigo!", as vozes das máscaras murmuravam. "Se soltar as bruxas negras, elas dominarão tudo mais uma vez! Mas se não o fizer será escravo delas, como nós!"

E sussurraram toda a verdade. Séculos atrás, as três princesas negras haviam conquistado os reinos daquela província com a força de sua magia e as espadas de seus irmãos. O povo sofreu com a crueldade.

Derrotadas por um mago, ficaram aprisionadas no castelo da montanha. Os cavaleiros negros, seus irmãos, foram banidos.

Mas a cada um ano e sete noites, eles podiam deixar o exílio e vagar pelo mundo em busca de alguém para quebrar a maldição. Muitos inocentes foram levados ao castelo; entretanto, eles não haviam se esquecido dos crimes das três princesas e se recusaram a aceitar o trato.

Como castigo, elas recolhiam seus rostos e almas em máscaras, e ali os mantinham em sofrimento, pela eternidade. Os cavaleiros negros passaram a procurar em países mais distantes por alguma pessoa que não conhecesse a história das irmãs, e assim pudesse livrá-las. O filho do pescador havia sido esse homem.

"Tenha cuidado, filho do pescador!", as vozes diziam. "Ou seu rosto fará companhia aos nossos. E conversaremos sobre a vida e a morte até o final dos tempos!"

O rapaz teve medo. Lembrou-se do que a mãe lhe dissera e segurou a vela com força. Afastou o dossel da cama. Sua mão tremia ao retirar a máscara branca de uma das princesas, e o sangue gelou ao contemplar o rosto dela.

Era uma múmia! Enrugada e ressequida. Esperando para escapar à prisão do tempo.

A chama da vela pareceu incomodá-la. Mexeu-se no leito e abriu os olhos ocos. O rapaz se assustou. Balançou a mão, e a cera derretida pingou na face da princesa.

Imediatamente sua pele começou a ferver. Ela gritou e se torceu, e as outras despertaram.

O filho do pescador atirou gotas de cera sobre elas. Os brados de pânico e dor aumentaram. A cera escorria pelas vestes negras, tornando-as brancas.

As máscaras nas paredes gemeram e tremeram. Em seguida, estilhaçaram-se em milhares de fragmentos. Um suspiro de alívio encheu o lugar.

"Obrigado", sussurraram as almas dos libertados.

As três princesas ficaram em pé. O rapaz recuou.

– Filho do pescador! – disseram as bruxas, totalmente brancas agora. – Você nos traiu! Devia ter nos livrado, mas voltou trazendo um objeto sagrado nas mãos! Não estamos mais amaldiçoadas, e sim condenadas! Nenhum homem nascido no mundo, ou qualquer outro que vier a nascer, conseguirá nos libertar! Fomos tocadas por algo puro!

As paredes chacoalharam, pedriscos caíram sobre o rapaz. As três princesas mostraram as unhas para ele. Seus rostos secos se retorciam de forma grotesca.

– Mas nosso sangue clama por vingança! – elas disseram. – Nossos irmãos saberão o que fez. A cada um ano e sete noites, irão procurá-lo. Eles o encontrarão, filho do pescador, e o farão em pedaços quando o pegarem!

As três princesas gritaram. Seus lamentos ecoaram pelo castelo. O tremor das paredes cresceu. O filho do pescador correu.

O castelo desabou quando ele atravessou a abertura da montanha. Saltou do promontório e rolou pela ribanceira, quebrando uma perna. Arrastou-se, escondendo-se nas árvores.

E entre elas, assistiu à montanha desmoronar para dentro de si mesma, com um estrondo. Depois de um tempo que pareceu eterno, o chão parou de sacudir e a poeira se foi. Um platô se erguera no meio da floresta.

> O *platô* é uma forma de relevo elevado, com o cume mais ou menos nivelado devido à erosão provocada pelos ventos ou a água.

As três princesas negras ficariam presas, para sempre.

O filho do pescador tentou se colocar de pé, mas a fratura da perna o impediu. Com muito esforço, gemendo, alcançou a mesma estrada onde ficara amarrado há um ano.

Esperou por horas que uma carroça mascate passasse por ali. O mercador o acolheu. Cuidou de seus ferimentos e seguiram viagem. Vez ou outra, o rapaz olhava para trás, para ter certeza de que o castelo não estava mais lá.

Ao longe, um cavalo negro, com uma mancha branca no focinho, o vigiava.

O filho do pescador regressou ao povoado, como prometera, e viveu feliz com os pais. Mas a cada um ano e sete noites, ele desaparecia. Ninguém sabia para onde ia. Aqueles que, por acaso, o flagravam na partida, afirmavam que ele carregava uma considerável quantidade de velas sagradas na bagagem.

Os moradores também contavam que, na mesma noite da sua "viagem" anual, ouviam um trotar de cavalos percorrendo o lugar. Os que tinham coragem de olhar pela janela durante a madrugada viam três cavaleiros negros, com elmos manchados de branco, a galope pelas ruas. Pareciam procurar por algo ou alguém.

Eles cavalgavam e cavalgavam. Como nada encontravam, assim que o sol nascia, partiam, com gritos de gelar o sangue dos homens.

No retorno, o filho do pescador escutava aqueles relatos e sorria, enigmático. Na bolsa às suas costas, jaziam os tocos das velas que usara para esconder seu paradeiro dos perseguidores. Um dos muitos truques mágicos que aprendera com a mãe. Em seguida, tomava a trilha para a casa dos pais. O seu lar. Onde ficaria em paz.

Pelo menos, por mais um ano e sete noites.

Os Três Homenzinhos da Floresta

Era uma vez um homem que havia ficado viúvo, e estava em dúvida se deveria ou não se casar novamente. Ele tinha uma única filha, muito bonita e educada.

Nesse mesmo vilarejo vivia uma mulher, também viúva e que, como ele, também possuía uma filha, mas que era feia e sem atrativos. As jovens às vezes se encontravam ao buscar água e lenha, e caminhavam juntas na volta para casa. Embora a filha da viúva fosse rude e grosseira, a outra não se importava, pois tinha um bom coração.

A viúva desejava o pai da jovem para marido, já que

era um homem de posses. Por isso cercava a garota de agrados, oferecendo-lhe leite e frutas e banhos quentes para os pés cansados. A filha da viúva exclamava assim que ela partia:

— Por que se preocupa tanto com ela?! Dá-lhe tantos mimos? Ela não é nossa parenta!

E a mãe lhe respondia:

— Por enquanto. Mas em breve ela será minha enteada e sua irmãzinha. E então desfrutaremos de uma vida de regalias, você verá.

As constantes demonstrações de carinho da viúva acabaram atingindo o alvo: o pai da jovem. Ele observava a filha chegar alegre em casa, contando sobre os quitutes que experimentara e falando maravilhas da mulher.

— Ela é viúva, assim como o senhor — dizia ao pai. — Por que não se casa com ela e formamos uma família?

O pai sorria, afagando seus cabelos, e guardava os pensamentos.

Certo dia, após outra das deliciosas refeições que ofereceu à jovem, a viúva fez a proposta:

— Minha querida, pergunte a seu pai se ele gostaria de se casar. Ele é viúvo, e eu também, e minha filha poderia ser sua irmã. O que acha? Costurarei lindos vestidos, haverá leite e frutas no café da manhã e uma tina com água quente para banhar os pés, todos os dias.

A jovem contou ao pai. Mas ele, ainda em dúvida, ponderava:

— O que devo fazer? O casamento é uma alegria, mas se a escolha for ruim pode se tornar um tormento. Como chegar a uma boa decisão?

Ele pensou, pensou por dias e decidiu consultar a sorte. Tirou a bota que calçava, com um furo na sola, e chamou a filha.

— Pegue esta bota — pediu a ela. — Pendure-a naquele gancho do celeiro e despeje água dentro dela. Se a água não escoar, então eu vou tomar a viúva como esposa; mas se ela vazar, continuarei viúvo.

A jovem fez como lhe fora ordenado. Milagrosamente, o líquido não escorreu. Ela correu para contar ao pai. Ele acompanhou a filha ao celeiro e verificou por si mesmo.

— Pois bem, que assim seja. Eu me casarei com a viúva!

Pouco tempo depois o casamento foi celebrado, para felicidade de todos.

Na manhã seguinte às bodas, as duas jovens se levantaram. Havia leite e frutas na mesa do café da manhã e uma tina de água quente para o banho. Mas antes que a enteada pusesse as mãos na comida, a madrasta a advertiu com rispidez:

— O leite e as frutas são para minha filha!

A garota engoliu em seco e se serviu do pão duro e da água que a madrasta lhe entregou. Comeu e foi para a tina de água quente. Mais uma vez, a madrasta a impediu.

— A água quente é para minha filha se banhar. Para você, separei a água fria do barril.

O celeiro é uma construção comum em fazendas, onde os agricultores armazenam grãos — o produto da olheita. Em alguns casos serve também para criação de animais de pequeno porte.

Mãe e filha deram risadas.

Sem querer enfrentar a madrasta, a garota tomou o banho frio. Na segunda manhã, a cena se repetiu. E na terceira, na quarta, e assim por diante.

A madrasta agia daquela forma por sentir inveja da enteada. Ela era bela, amável e cheia de doçura, enquanto sua filha era feia, com modos grosseiros. A jovem não tinha coragem de contar a verdade ao pai, temendo decepcioná-lo. Ele parecia feliz com o casamento. E a madrasta, ciente disso, dedicara-se a tratar a enteada das piores maneiras possíveis, durante anos.

Em uma estação de inverno rigoroso, onde tudo estava congelado e duro como pedra e a neve alta cobria as colinas e vales, a madrasta costurou um vestido de papel. Assim que ficou pronto, chamou a enteada e disse:

– Estou com vontade de comer morangos. Vá à floresta e me traga uma cesta cheia deles. E é bom não voltar com ela vazia!

"Meu Deus!", pensou a jovem, em desespero. "Morangos não crescem nesse inverno! O chão está congelado, a neve cobriu tudo. Como vou encontrá-los?"

Resignada, pegou seu casaco mais quente no cabide da lareira, vestindo-o.

– O que pensa que está fazendo? – interrompeu a madrasta. – Não vê que este casaco está úmido? Eu o coloquei junto ao fogo para secar. Deixe-o onde está! Vista isto e vá procurar os morangos.

E entregou o vestido de papel. A garota o apalpou, e

seus olhos ficaram marejados.

– Mas o que é desta vez? – irritou-se a madrasta. – Não gostou da roupa? É isso o que recebo por perder horas e horas costurando um vestido para você? Quanta ingratidão!

– Madrasta, por favor, não se zangue – ela implorou. – Eu... gostei do vestido, mas lá fora está frio, tão frio, que o ar chora pela frieza. Como posso sair com um vestido feito de papel? O vento vai atravessá-lo e os espinhos das moitas irão rasgá-lo...

Um sorriso cruel estampou o rosto da madrasta e a jovem se encolheu, apertando o vestido nos braços. O som da roupa lembrava o das folhas secas pisoteadas no cemitério. Ela pensou que aquela seria a melodia de seu próprio funeral quando fosse encontrada congelada na floresta.

A madrasta via seu medo. Fizera a roupa de propósito para que a enteada, desprotegida, morresse de frio. Diria ao marido que ela fora teimosa e saíra sem sua autorização. Ele nada poderia fazer; enquanto trabalhava, acreditava que sua casa permanecia na mais perfeita ordem. Afinal, a filha nunca havia feito nenhuma queixa.

– Não quero mais ouvir suas reclamações! – a madrasta disse, ríspida. – A ingratidão é o pior dos sentimentos! Por acaso sua mãe morreu de tristeza por ter uma filha tão mal agradecida? Sim, deve ter sido isso. Mas chega de conversas! Vista a roupa e vá fazer o que mandei!

Com lágrimas nos olhos, a garota obedeceu. Já na porta, a madrasta lhe deu um naco de pão duro e um odre pequeno de vinho azedo.

O odre é um antigo recipiente feito de pele de animal, geralmente de cabra, usado para o transporte de líquidos.

– Isto deve lhe bastar pelo dia – mas em sua mente pensava: "Que morra de fome e frio, e que eu nunca mais a veja!"

A jovem saiu, calçando as galochas gastas. Entrou na floresta e achou o local onde os morangos cresciam enterrado pela neve. Não havia um talinho verde à vista. Sentindo o corpo congelar, tentou cavar o solo. O gelo machucou seus dedos e ela desistiu.

Quis chorar, mas teve medo de que as lágrimas virassem cristais em seu rosto. Decidiu adentrar na floresta. Não ousaria voltar de mãos vazias.

A garota não aguentava mais se arrastar pela neve, esfregando os braços dormentes. Percebeu então que andara tanto que havia alcançado uma clareira desconhecida. Nela havia uma casa – um chalé – cujo telhado descia ao chão.

A casa estava silenciosa. A necessidade venceu o frio e ela se aproximou. No anexo lateral, onde a lenha usada nas lareiras ficava armazenada, a portinhola aberta mostrava pequenas toras soltas do feixe principal, afundando na neve.

"Se a madeira continuar ali, ficará úmida e inútil. Os moradores passarão frio", pensou.

Recolheu a lenha, amarrou-a com as cordas soltas e fechou o anexo. Após conferir se a trava estava firme, escutou um pio lamentoso. Olhou para cima. Em um vão da construção, havia um ninho. E nele, um tordo.

– Pobrezinho! O que aconteceu com você? Não foi para o sul com seus parentes? – a jovem perguntou, batendo os dentes.

Tocou gentilmente o pássaro. Sua asa esquerda mostrava um ferimento. Abriu o odre e o lavou com o vinho. Por sorte, não estava quebrada. Rasgou um pedaço da barra do vestido de papel e improvisou um abrigo mais confortável para ele. Em seguida, esfarelou o pão e o alimentou com as migalhas.

O tordo é um pássaro, muito comum na Europa, no norte da África e no Médio Oriente. Algumas espécies são migratórias.

O tordo comeu como se não fizesse uma boa refeição há tempos. A garota sorriu e lhe disse:

– Ao menos *você* não morrerá de frio hoje – e cobriu parte da abertura com papel, para impedir os ventos de entrarem.

Friccionando as mãos geladas a jovem virou-se, tremendo, e arregalou os olhos.

Três cabeças masculinas a vigiavam pelos vidros da janela do chalé, espantadas com o estado da garota: seus lábios arroxeados, os cabelos cheios de flocos de neve, a roupa inapropriada ao clima.

Ao abrirem a janela, ela percebeu que os homens eram muito pequenos!

– Você juntou e guardou a lenha. Por quê? – perguntou o primeiro, de cabelos vermelhos.

– Tive receio de que perdessem a boa madeira e passassem frio – ela revelou. – Sei o quanto dói sentir frio...

– Você cuidou do pássaro e deu sua comida para ele – disse o segundo, que tinha um narigão. – Por quê?

– Eu não negaria ajuda – ela respondeu. – Sei o que é precisar de ajuda...

Os três homenzinhos se entreolharam, e o terceiro, de olhos azuis, convidou:

– Venha, entre e se aqueça!

A jovem agradeceu. Sentou-se num banco em frente à lareira, tomando cuidado para que seu vestido de papel não ficasse perto demais das chamas e se incendiasse. Um calor agradável subiu pelos pés, chegando ao coração. Seu estômago roncou e ela ficou vermelha de vergonha.

– Aqui, sirva-se – ofereceu o ruivo.

Estendeu-lhe uma cesta com pães frescos. Pegou um e provou. Um sorriso franco desenhou-se lentamente em seus lábios, enquanto o saboreava.

"Que saudades de comer algo tão bom!", ela pensou. Também lhe deram leite fresco.

Ao final da refeição, retirou um grampo dos cabelos e o ofereceu aos homenzinhos:

– Nada tenho de valor, mas aceitem este presente como prova de gratidão. Era da minha mãe.

Os homenzinhos examinaram o entalhe do grampo – um pato dourado –, admirados.

– Você recolheu a lenha, tratou do pássaro, e nos deu um presente! – falou o narigudo. – Mas não nos contou o que fazia lá fora, usando um vestido de papel. Não sabe que o inverno é muito frio?

– Sinto o frio em todos os meus ossos – a jovem respondeu. – Mas só posso voltar para casa se levar este cesto cheio de morangos...

Ela contou sua história. Falou da madrasta, da meia-irmã, do pai que amava e que nada sabia da crueldade da esposa. Os três homenzinhos a ouviram, e o de olhos azuis a convidou:

– Venha! Tire a neve detrás da nossa casa com esta vassoura. Encontrará os morangos que nunca deixam de crescer por lá. Pegue quantos quiser e leve-os para sua madrasta.

A jovem varreu a neve do quintal. E quase não acreditou ao ver morangos tão vermelhos e suculentos.

Enquanto os colhia com alegria, os três homenzinhos sussurravam entre si:

– Ela é gentil – dizia o ruivo.

– Ela é prestativa – dizia o narigudo.

– Ela não tem inveja em seu coração – dizia o de olhos azuis.

E os três homenzinhos, que na verdade eram mais que simples homenzinhos, tomaram uma decisão.

A garota retornou ao chalé, e surpreendeu-se ao ver que seus salvadores não vestiam mais as calças simples e camisas em mangas, mas sim túnicas e mantos ornamentados. Elas lembravam uma trama de galhos e folhas de árvores.

— Não se assuste, criança — o ruivo lhe disse. — Somos três magos, conhecidos como os Homenzinhos de Madeira. Por sua bondade e generosidade, nós lhe daremos três presentes.

Ele se aproximou, tocando o rosto da jovem.

— Você é bela, mas meu presente é que se torne ainda mais bela.

E num passe de mágica a jovem resplandecia em beleza, que ofuscaria a mais linda de todas as mulheres.

Em seguida, o narigudo tocou-lhe os lábios.

— De sua boca saem frases amáveis. Por isso, meu presente é esse: para cada palavra que disser, uma moeda de ouro cairá de seus lábios.

A jovem disse 'obrigada', e uma moeda de ouro saltou de sua boca, rodopiando no chão.

O de olhos azuis veio e tocou-lhe o vestido puído.

— Meu presente é que um rei apareça, e que ele se case com você. Então nunca mais suas vestes serão feitas de papel, mas sim de rica seda e linho. E que tenha uma vida feliz.

Assim que entregaram os três presentes, os Homenzinhos de Madeira sumiram. A jovem ficou sozinha. Pegou a cesta e saiu. Ao olhar para trás, o chalé havia desaparecido!

"Será que tudo não passou de um sonho?", a jovem se perguntava pelo caminho de volta. Os frutos frescos que trazia na cesta mostravam que não. Algo de espantosamente mágico havia acontecido.

Ao entrar em casa, encontrou a madrasta explicando ao marido o sumiço da jovem. A mulher calou-se ao vê-la e arregalou os olhos. Os cabelos da garota brilhavam, e estava mais bonita que antes. "Isto é impossível", a madrasta pensou.

A jovem estendeu a cesta de morangos e disse 'boa noite'. Duas moedas de ouro saíram junto com as palavras, caindo e tilintando no piso de madeira. O pai, a madrasta e a meia-irmã feiosa viram aquilo, assombrados.

– Minha filha, o que isso significa? – o pai perguntou.

A garota narrou sua aventura na floresta, o encontro com os homenzinhos mágicos, e os presentes que eles lhe concederam. E enquanto falava, mais moedas despencavam. Ao final da história, o chão da sala ficou tomado pelo ouro. Eram uma família rica agora!

O pai estava encantado; a meia-irmã, furiosa; a madrasta ardia em inveja.

Antes que mais alguém dissesse algo, o som de uma carruagem surgiu do lado de fora. O pai abriu a porta e a viu parar diante da casa. Dois pajens se perfilaram nas laterais do coche e um homem desceu. Era o jovem rei daquela região, vestido com um grosso manto de peles e usando uma coroa de ouro e pedras preciosas. Todos se curvaram para o monarca.

Os pajens eram jovens serviçais dos castelos, criados de cavaleiros ou aprendizes de fazendeiros.

– Boa noite! – ele saudou os presentes. – Fui alertado por um sonho de que nesta vila, e nesta casa, encontraria a minha futura rainha. A mulher que saiu à procura de morangos no auge do inverno e de cujos lábios o ouro brota. Qual de vocês três seria ela?

A meia-irmã se adiantou, mas de sua boca nenhum ouro saiu. A madrasta era velha demais para o rei, e não se atreveria a dizer nada na presença do marido. Restou somente a jovem enteada, segurando a cesta de morangos.

– É a mim que procura, Majestade – revelou, já apaixonada. Uma chuva de moedas fluiu com suas palavras.

O rei tomou as mãos da garota, beijando-as.

E ela partiu com o monarca em sua carruagem dourada, para viver no castelo.

Em pouco tempo o casamento se realizou, e foi o mais suntuoso que o reino já havia visto. A madrasta cobiçou o luxo e a riqueza da enteada; a meia-irmã desejou ser bela e ter o rei como marido; e o pai apenas quis que a filha fosse feliz.

Assim que voltaram para casa, a filha da madrasta falou:

– Veja, mamãe! Agora minha "irmãzinha" se tornou uma rainha! E eu? O que me tornarei?

Despejou sobre a mãe seu desejo de ir para a floresta, com um vestido de papel, para procurar pelos morangos dos três homenzinhos e conseguir três presentes.

– Não, minha filha querida. Está muito frio, e você poderia morrer congelada – a mãe respondeu.

No entanto, como a filha não a deixava em paz com tal ideia – também queria ser bela, cuspir ouro e se casar com o rei –, ela finalmente cedeu. Mas ao invés de um vestido de papel, costurou um magnífico traje de pele, com manto e capuz para os cabelos.

A garota o vestiu, e a mãe lhe deu pão com manteiga, bolo, leite e frutas, para que não sentisse fome na jornada. E assim ela se foi, radiante.

"Serei tão importante quanto minha meia-irmã. Talvez mais!", pensou, feliz.

Entrou na floresta e alcançou a clareira. Encontrou o chalé, o anexo aberto, e a lenha espalhada pelo chão. Passou por ela, indiferente, e vigiou as janelas, esperando pelos homenzinhos.

Ouviu o pio do pássaro. Ele estava no ninho, com a asa ferida. Mas não lhe deu atenção. Sentiu fome e sentou-se num tronco para comer, arrotando como um bêbado. Em seguida enfiou as mãos nos bolsos do vestido de pele, que a mantinha bem aquecida.

E esperou.

O tempo passava e os três homenzinhos não apareciam. A garota começou a se impacientar. Levantou-se, foi para a porta e bateu nela com o punho fechado.

– Ô de casa! Deixem-me entrar! Está frio aqui fora!

Não houve resposta. Ela mexeu na maçaneta e abriu a porta. Entrou pelo cômodo, sentou-se em frente à lareira e aguardou. Havia mais comida e bebida sobre a mesa e ela os atacou, sem cerimônias. Enfiava o terceiro pedaço de bolo de nozes na boca e percebeu que três homenzinhos a observavam.

– Até que enfim! Sabem quanto tempo esperei por vocês? Que falta de educação! Eu vim buscar os morangos para poder ganhar minha beleza, meu ouro e meu rei! – anunciou, sem rodeios.

Os três homenzinhos torciam o rosto, enojados.

– Você não recolheu a lenha do chão – falou o ruivo.

– Ora, eu não sou uma criada para apanhar sua lenha! – a garota respondeu.

– Você não cuidou do ferimento do pássaro – falou o narigudo.

– E de que me importa aquele miserável tordo? Vai morrer de qualquer maneira! – zombou.

Os três homenzinhos se entreolharam.

– Se quer os morangos, terá de varrer o quintal dos fundos, retirar a neve e colhê-los – disse o de olhos azuis.

– Agora sim estamos nos entendo! – falou a jovem, agarrando a vassoura.

Ela varreu e cavou, procurando. Mas tudo o que encontrava eram frutos podres, impossíveis de serem comidos. Vasculhou e vasculhou, soltando maldições e pragas a cada tentativa frustrada.

Dentro da casa, os três homenzinhos falavam entre si:

– Ela é mesquinha – dizia o ruivo.

– Ela é rude – dizia o narigudo.

– Ela só tem inveja em seu coração – dizia o de olhos azuis.

E tomaram uma decisão.

Depois de muito cavar e varrer, a garota bufou e voltou para o chalé, rosnando.

– Vocês me enganaram! Os morangos não prestam! Como posso ganhar minha beleza, meu ouro e meu rei com eles? – dizia, furiosa.

– Se somente os presentes lhe interessam, nós temos três a oferecer – respondeu o homenzinho ruivo.

– Ótimo! Já não era sem tempo – disse a jovem, rudemente. – Quais são eles?

Então, uma transformação fabulosa aconteceu. Os três homenzinhos mudaram, ficaram altos, formidáveis. Suas vestes eram de seda e fios de ouro, e tinham as expressões severas. A garota se encolheu a um canto, tremendo de medo.

– Você é feia! E meu presente é que se torne mais feia do que já é! – disse-lhe o ruivo, tocando seu rosto.

Uma corcunda cresceu às costas da jovem, sua pele ficou enrugada como papel molhado, e os cabelos se tornaram tão secos quanto à palha do milho.

O narigudo se aproximou, tocando-lhe os lábios.

– De sua boca saem palavras más e ásperas. Deste dia em diante, cada vez que ela se abrir um sapo saltará de sua língua.

A jovem gritou e se engasgou. Uma bola se agarrou a sua garganta. Para fugir ao sufocamento, ela cuspiu. Um sapo horrendo, cheio de verrugas, pulou de sua boca. Ela colocou ambas as mãos sobre os lábios, em pânico.

O homem de olhos azuis veio e tocou seu vestido.

– Meu presente é este: todas as roupas que usar serão como o vestido de papel de sua meia-irmã. Elas não irão aquecê-la. E que uma morte horrível venha encontrá-la.

Um frio sobrenatural tomou conta do corpo da jovem. Ela tentou se aquecer junto ao fogo da lareira, mas de nada adiantou. Pediu ajuda aos magos, mas sapos saltaram de sua boca. Olhou-se então no espelho que havia no cômodo: era a mais feia das mulheres, irreconhecível.

A jovem fugiu, apavorada. Correu pela floresta e foi para casa. Mas ao chegar não foi reconhecida pela mãe nem pelo padrasto.

– Saia daqui, sua mendiga! – gritou-lhe a mãe.

A jovem queria explicar quem era, mas uma chuva de sapos brotou com as palavras. A mulher ficou enojada e a expulsou a vassouradas.

– Que bruxaria é essa? Vá embora e não ouse voltar!

Sem alternativa, a garota obedeceu. Retornou nos dias seguintes, tentando falar com a mãe. Ela tremia de um frio que nada poderia afastar, e foi recebida com paus e pedras.

Porém, tanto insistiu que, um dia, conseguiu ser ouvida. A mãe reconheceu o vestido de peles que havia costurado e soube da história dos três presentes dos homenzinhos da floresta.

Mesquinha como a filha, a madrasta não enxergou a verdade, e achou mais conveniente culpar a enteada.

Furiosa, acolheu a filha, fazendo uma promessa:

— Aquela miserável me paga!

Mais de um ano se passou, e a jovem rainha deu à luz um saudável filho. Feliz com seu herdeiro, recebeu a visita do pai, da madrasta e da meia-irmã, que usava um véu negro sobre o rosto e vestia vários casacos de pele, mesmo no verão.

Mãe e filha se mostraram arrependidas de suas maldades, para conquistar a confiança da rainha. Assim conseguiram permanecer no castelo, com a desculpa de que queriam ajudá-la a cuidar do bebê real. Como o parto havia sido difícil, a rainha quase não saía do leito. Recuperava-se pouco a pouco.

Durante uma noite sem lua — enquanto o rei visitava a nação vizinha —, a madrasta e a filha foram ao quarto da rainha. Taparam-lhe a boca, seguraram-na pelos pulsos e tornozelos e a retiraram da cama. Por sobre a muralha, jogaram-na no rio.

Orientada pela mãe, a meia-irmã feiosa se deitou no leito real, cobrindo-se com véus.

— Faça-se de doente, e não abra a boca para dizer nada. Deixe que eu cuido de tudo!

No dia seguinte, o rei retornou. Soube que a esposa encontrava-se adoentada e subiu aos aposentos da rainha. Um dossel havia sido posto ao redor da cama. Quando ele tentou afastar as cortinas, a madrasta o impediu.

— Por favor, Majestade. Ela está com febre e precisa descansar — explicou, consternada. — Não deve voltar hoje, eu lhe suplico, ou ela pode piorar. Cuidarei do bem-estar de minha enteada.

Tristonho, o rei tocou a mão da esposa, com a permissão da madrasta. Achou-a muito fria. Retirou-se e não voltou naquele dia. Os súditos souberam da misteriosa doença de sua soberana e se compadeceram, pois ela era muito amada pelo povo.

Naquela noite, um ajudante de cozinha do castelo lavava a louça suja e viu surgir, pela sarjeta ao lado da porta, uma pata branca. Ela parou no batente, abriu o bico, e perguntou:

– O que faz o meu rei? Dorme ou está desperto?

O rapaz nada conseguiu responder, assustado. A pata tornou a questionar:

– O que fazem as minhas visitas? Dormem ou estão despertas?

O rapaz engasgou, mas falou:

– Dormem, um sono bem profundo.

A pata mais uma vez perguntou:

– O que faz o príncipe, meu filhinho? Dorme ou está desperto?

– Ele dorme. Um sono de anjinho.

A pata abriu as asas, e o ajudante presenciou a incrível transformação. Era a rainha! Ela subiu aos aposentos, deu de mamar ao bebê e cuidou dele por toda a noite. Ao nascer do sol, desceu para a cozinha, assumiu a forma de pata, e seguiu para o rio.

Durante o dia, o rei voltou ao quarto da esposa. A madrasta concordou que ele segurasse a mão fria da falsa rainha, mantendo o véu negro sobre seu rosto.

– Meu amor, como se sente hoje? – ele perguntou, carinhoso.

A meia-irmã, que era apaixonada pelo rei desde que o vira, não resistiu. Abriu a boca para responder e seguidos sapos saltaram dela, fazendo o monarca ficar em pé.

– Mas o que é isso? O que está acontecendo? – ele perguntou, atônito. – Antes, de sua boca brotava ouro, agora pulam sapos! Que tipo de doença é essa?

A madrasta, mais que depressa, fechou o dossel, explicando:

– É a febre, Majestade. Ela é muito forte. Deve lhe dar mais alguns dias de repouso. Logo a rainha estará bem.

O rei se retirou, amuado.

À noite, o ajudante de cozinha estava outra vez diante da pata branca, que lhe fez as mesmas perguntas:

– O que faz o príncipe, meu filhinho? Dorme ou está desperto?

– Ele dorme. Um sono de anjinho.

E a pata se tornou a rainha. Ela cuidou do bebê e partiu ao nascer do sol.

Na terceira noite aquilo se repetiu. Na quarta também. Após a quinta noite, não se contendo mais, o rapaz correu aos aposentos do rei e narrou a estranha história assim que amanheceu.

– Mas como pode a rainha ser uma pata se ela está em seus aposentos, convalescendo de febre? – ele perguntou ao rapaz.

— Majestade, eu juro que é ela! A rainha vem toda a noite, para cuidar do príncipe, e passa pela minha cozinha!

Decidido a esclarecer aquela história, o rei escondeu-se na cozinha ao anoitecer e esperou. Testemunhou o instante em que a pata chegou, falando ao criado:

— O que faz o príncipe, meu filhinho? Dorme ou está desperto?

— Ele dorme. Um sono de anjinho – o rapaz respondeu.

A pata se transformou na rainha e subiu os degraus. O rei estava espantado. Ao amanhecer, ela encontrou o marido a sua espera.

— Meu amor! – ele chamou. – É mesmo você? O que aconteceu?

Os olhos dela se encheram de lágrimas.

— Ah, meu amor... É um feitiço criado para me proteger da traição, da covardia...

E a rainha contou-lhe como havia sido atirada ao rio. Inclusive revelando que os três homenzinhos da floresta vieram à margem e tocaram as águas com o grampo que ela havia lhes dado de presente, há mais de um ano. Transformaram-na numa pata.

Graças a esse sortilégio a rainha não morreu. Mas ficara presa à forma da ave durante o dia, podendo visitar seu bebê somente à noite.

— E como posso fazer para libertá-la? Diga-me – pediu o rei.

— Gire sua espada sobre mim três vezes, na soleira da

porta, logo que o primeiro raio de sol tocar a madeira do batente. Isso me tornará humana por três dias, pois o feitiço só poderá ser quebrado de vez quando a traição for punida pelos traidores – explicou a esposa, que já começava a mudar.

O rei agiu rápido. Girou três vezes a lâmina sobre ela. E a rainha ressurgiu, tão bela e viva quanto no dia em que haviam se casado. O grampo dourado brilhava em seus cabelos.

Mesmo cheio de alegria, o soberano bufava, furioso com a falta de lealdade dos parentes de sua esposa. Para fazer justiça, pediu-lhe que ficasse oculta em um dos quartos da torre.

– Nosso filho será apresentado aos nobres da corte no salão real, no domingo, e então eu irei desmascarar os traidores – ele explicou seu plano.

Na manhã de domingo, a falsa rainha estava de pé, como havia sido prometido ao monarca por sua "sogra". Caminhava ao lado do rei, e usava o véu como uma precaução para a saúde.

– Não queremos que ela tenha uma recaída – dissera a madrasta, cuidadosa.

No salão real, os nobres, juntamente com as esposas, curvaram-se para honrar o príncipe herdeiro, renovando promessas e oferecendo ricos presentes. O rei os recebeu com um sorriso.

No final da longa fila de saudações, havia uma mulher. Coberta por um véu, vinha acompanhada de um jovem pajem. Eles prestaram homenagens ao príncipe e se aproximaram do rei e da falsa rainha. O pajem disse:

— Majestade, sei que este não é um momento propício, mas minha senhora veio de muito longe e tem um pedido a fazer. Sua parenta foi vítima de traição pela própria família, sendo atirada viva na correnteza de um rio. Descobrimos os responsáveis por esse horrível crime, mas não sabemos qual castigo é o mais apropriado. Como sua justiça é famosa neste reino, pedimos que julgue o caso e diga a minha senhora como ela deve proceder.

O rei balançou a cabeça, concordando, e perguntou à esposa:

— Minha querida, o que faria numa situação como essa?

A falsa rainha estremeceu, mas não ousou responder. Sabia que os sapos pulariam de sua boca. A madrasta, rapidamente, tomou a dianteira, dizendo:

— Majestade, se me permite falar por minha enteada, que ainda está se recuperando, penso que esse crime vil só pode ser punido de forma igualmente severa. Os responsáveis deveriam ser colocados dentro de barris cheios de pregos, selados e atirados ao mesmo rio, para que descessem a correnteza e se espatifassem nas quedas.

O rei coçou a barba e se levantou. Caminhou para a mulher ao lado do pajem.

— Esse castigo lhe parece adequado, minha senhora? — e delicadamente retirou o véu de seu rosto.

Todos soltaram exclamações. Aquela era a rainha, junto ao pajem, na verdade o criado da cozinha.

– Sim, meu esposo. A justiça está feita – respondeu a mulher com um sorriso, e moedas de ouro tilintaram de seus lábios. O feitiço fora quebrado.

A madrasta levou as mãos à boca, e sua filha não pôde conter um grito, que saiu em forma de sapos pelo salão.

– Minha querida "sogra" – disse o rei. – Creio que a senhora acaba de lhe conceder sua própria sentença. E a de sua filha!

Os guardas cercaram as mulheres. A verdadeira soberana tomou nos braços o bebê, beijando-o. O pai da rainha, que a tudo assistia, nada conseguia compreender.

– Paciência, meu pai – disse-lhe a filha. – Você saberá de toda a verdade...

E a verdade foi dita, como nunca antes pudera ser.

A sentença da madrasta e sua filha fora cumprida.

O ajudante de cozinha foi promovido a pajem real, encarregado dos cuidados do príncipe.

O pai da rainha foi morar no castelo, para não ficar sozinho.

Tempos depois, a jovem soberana voltou à floresta para procurar os três Homenzinhos de Madeira. Queria agradecer pelo que lhe fizeram. Mas não conseguiu encontrá-los. Sentou-se sobre um tronco na clareira, onde antes ficava o chalé. Ouviu o canto do tordo e sorriu.

Retirou do cabelo o grampo de ouro, em formato de pato, e depositou-o na relva da primavera.

"Obrigada", disse em pensamento, e foi embora, para nunca mais retornar.

Um raio de sol incidiu sobre o grampo, que brilhou. E sua luz irradiou pela clareira.

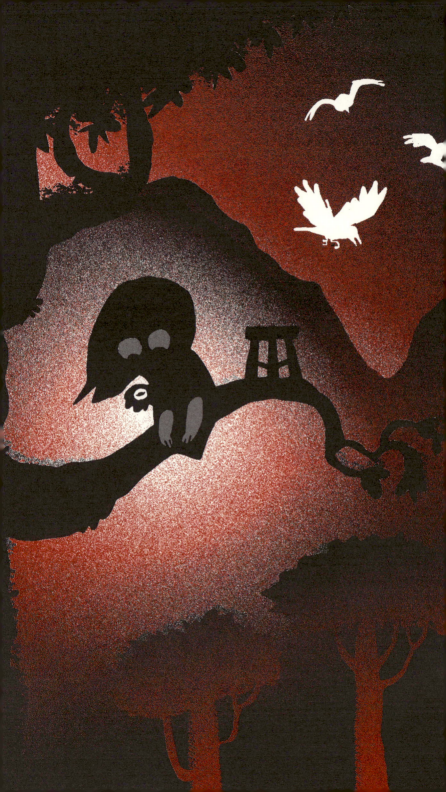

Os Três Corvos

Era domingo.

Uma mulher e seus três filhos assistiam à missa. Durante o sermão, a mãe percebeu que os filhos estavam, na verdade, jogando cartas. Assim que a missa terminou e eles deixaram a igreja, a mulher, que era muito religiosa, revoltou-se. Irada, rogou uma praga sobre os meninos:

– Vocês não são bons cristãos! Eu não criei meus filhos para zombarem do sagrado. Vocês são como os corvos que ficam crocitando do alto enquanto as pessoas de bem levam suas vidas. Agem como eles, e como eles deviam ser!

No mesmo instante, uma mudança espetacular começou. Os garotos adquiriram penas negras, bicos afiados, amplas asas e começaram a grasnar, agitados. Os demais moradores da vila viram aquilo e recitaram orações.

Os três garotos – agora três corvos negros – alçaram voo para longe.

Ao chegar à sua humilde casa, a mulher contou à única filha, que estava adoentada e não fora à igreja naquela manhã, o que havia acontecido aos irmãos. A menina chorou por dias – era muito apegada a eles – e por pouco sua saúde não piorou. Percebendo que a mãe não dava atenção ao assunto, tomou uma decisão:

"Irei em busca de meus irmãos. Não posso aceitar que tenham sido expulsos dessa forma."

A mãe não a apoiou. Zangada com a filha, advertiu:

– Se quiser procurar seus irmãos, que vá! Mas não terá minha bênção. E também não poderá levar nada desta casa, a não ser algo que tenha feito com as próprias mãos.

O único objeto que a menina possuía, e que tinha construído com a ajuda dos irmãos, era um banquinho. E de posse dele, ela seguiu pela estrada, para fora do vilarejo. Quando se cansava de andar, sentava-se no banquinho. Para comer, tinha somente as frutas silvestres que encontrava pelo caminho.

A menina vagou por muitos dias, sempre olhando o céu; mas não encontrava sinal dos três corvos que eram seus irmãos. Até que, certo dia, ouviu o crocitar e o bater de asas que sobrevoavam sua cabeça. Olhou para o alto e se deparou com três aves negras voando em círculos, grasnando e arremetendo, quase tocando a copa das árvores.

"Serão eles?", ela se perguntou, angustiada.

– Irmãos! Aqui! Sou eu! – ela gritou para atraí-los. Mas eles pareciam não vê-la ou compreendê-la.

Com medo de perdê-los de vista, ela correu e subiu em uma árvore alta, galgando os galhos com rapidez. Alcançou o topo, quase sem fôlego, reuniu forças e chamou:

– Irmãos! Meus queridos irmãos! Sou eu, sua irmãzinha! Se forem mesmo vocês, me deem um sinal! Por favor!

Os corvos voaram com rapidez e um deles se aproximou, o menor dos três. Pairou sobre a garota como se a examinasse. Os olhos da ave eram tristonhos, e ela sentiu uma dor pungente no peito. O corvo deixou cair um objeto em suas mãos: um anel.

A menina o reconheceu. Era um presente que dera ao terceiro irmão. Começou a chorar.

Ao ver o corvo se afastar, ela gritou:

– Por favor, fiquem comigo! Não me deixem!

Sem lhe dar ouvidos, ele se reuniu aos demais. Os três corvos voaram para o horizonte, onde se punha o sol.

Ela desceu da árvore e chorou por muito tempo. Mas não desistiu. Seu coração não podia permitir. Continuou pelo caminho; andou muito, muito. Chegou quase aos confins do mundo. Lá, ela encontrou apenas o Sol, e percebeu que muitas criaturas fugiam dele.

– Vá embora, pequena menina – um pássaro lhe dizia com seu canto, voando na direção contrária à dela. – O Sol não gosta de intrusos em sua casa. Fuja, pois se ele a encontrar vai devorá-la com sua luz!

E de fato, o Sol, que surgia resplandecente, fixou na garota os olhos brilhantes assim que se deu conta de sua presença. Avançou sobre ela e falou:

— Ah! Uma invasora! Atreveu-se a vir à morada do Sol! E agora irei devorá-la!

A menina sentiu o calor arder a pele. Correu, tentando escapar dos raios quentes, mas não havia lugar onde pudesse se esconder naquela planície. O Sol era inclemente e imaginou que iria morrer ali.

Não tendo com o que se defender, ergueu o banquinho e colocou-o diante do corpo para bloquear a luz. Fechou os olhos.

De repente, o astro-rei parou. A seguir, passou a se afastar. O ardor diminuiu. Ela entreabriu as pálpebras e viu o Sol cobrindo os olhos com as mãos de luz.

— Ahhhhhhh! Amor! Há muito amor nesse objeto! — ele resmungou, com a voz pesada. — O amor aquece tanto quanto o Sol! Não posso tolerar tanto sentimento!

Bem depressa, subiu, clareando o céu da manhã que se iniciava.

Passado o susto, a garota partiu, levando o banquinho. Quando a noite veio, ela estava no alto de uma colina, vendo a Lua aparecer. Ela iluminava o córrego abaixo, enchendo-o de brilhos, e a menina apreciou sua beleza.

> *A planície é uma grande área geográfica plana que possui pouco ou nenhum tipo de variação de altitude.*

"Talvez a Lua saiba onde estão meus irmãos, pois ela vive no céu. Seus olhos certamente veem tudo", pensou a garota e se aproximou.

Mas uma coruja, que por ali piava, compreendeu suas intenções.

– Cuidado, pequena criança – ela falou com seu bico miúdo. – A Lua é a senhora da noite, a rainha da escuridão. E como a noite, ela é fria e insensível. Tão má quanto o Sol, seu irmão.

A garota ouviu a recomendação, mas o desejo de achar os irmãos falou mais alto. Deu um passo, e alcançou a beirada do penhasco.

– Senhora Lua, pode me ajudar? – a menina perguntou com o tom que usava com a mãe ao pedir biscoitos assados. – Sabe onde posso encontrar os três corvos, que são meus irmãos?

Como a coruja alertara, a Lua, indiferente, encarou por instantes a pequena criança suplicante e virou-lhe a face, dizendo em tom gélido e enfadado:

– Vá embora, garota! Não me aborreça! Suma antes que eu decida esmagá-la com meu peso e transformá-la em orvalho!

> O orvalho é o sereno que aparece nas manhãs frias, quando o vapor d'água se condensa e forma gotículas.

Percebendo que a Lua era mesmo má, a menina se afastou, indo para o outro lado da colina. Ouviu então o som de vozes, como se muitas pessoas estivessem conversando. Decidiu seguir o vozerio e subitamente parou.

Dezenas de estrelas cintilantes – azuladas, alaranjadas e avermelhadas – sentavam-se em banquinhos equilibrados no ar. As estrelinhas tagarelavam sem parar – era impossível para a menina compreender o que diziam. Elas a viram e pararam de falar. Todas sorriram.

– Vejam, irmãs! Uma estrelinha da Terra! Ela também tem um banquinho! – uma delas exclamou, feliz.

Quase de imediato a menina viu-se cercada pelas estrelas. Suas luzes lhe faziam cócegas na pele. Não eram ferozes como o Sol nem frias como a Lua. Amistosas e curiosas, elas a chamavam:

– Venha! Sente aqui com a gente!

A menina olhou para o penhasco e teve medo. Como poderia fazer aquilo sem despencar lá embaixo? As estrelas pareceram compreender seu receio. A maior delas – a Estrela da Manhã – pairou acima da garota.

– Às vezes nos esquecemos de que estrelas da Terra não sabem voar – ela disse, sorrindo, e despejou seu brilho sobre ela.

Sentiu-se leve, como um balão. A menina agarrou-se ao banquinho e subiu. Flutuou entre as estrelas, cintilando como se fosse uma delas. E a sensação era ótima! Girou lá no alto, bailando, subindo e descendo.

A menina e as estrelas brincaram de pega-pega e esconde-esconde nas nuvens, pularam corda na cauda de cometas, saltaram sela sobre asteroides. Elas lhe contaram as mais incríveis histórias. E eram muitas! A menina apreciava a companhia daquelas alegres criaturinhas. E as estrelas a adotaram como uma irmãzinha.

O céu começou a azular, anunciando que a aurora chegaria em breve, fazendo a Estrela da Manhã lembrar-se de algo importante a perguntar:

— Por que está tão longe de casa, estrelinha da Terra? O que a fez enfrentar o calor do Sol e a frieza da Lua?

A menina lhes contou tudo: o sumiço dos irmãos corvos e sua busca para encontrá-los. As estrelas se entreolharam e recomeçaram a falar, sem parar:

— Nós vimos os três corvos!

— Eles crocitavam muito alto!

— Não pareciam nada felizes no céu!

— Um deles quis pegar meu banquinho!

— O Sol tentou fritá-los e a Lua quis esmagá-los, porque faziam muito barulho. Eles fugiram para o Palácio de Vidro!

A menina ouviu aquilo, atentamente, e perguntou:

— E onde fica esse Palácio de Vidro? Como posso achá-lo?

A Estrela da Manhã levantou-se do banquinho. Queria ajudá-la. Tocou-a com as pontas de luzes brilhantes e respondeu:

— O Palácio de Vidro fica no topo da Montanha de Cristal. Você poderá vê-la ao amanhecer. A montanha reflete as cores de um arco-íris assim que os raios do Sol a tocam. Mas o Palácio tem um portão impenetrável para quem não possui a chave. Somente isto pode abri-lo.

> *As falanges são os ossos que formam os dedos das mãos e dos pés.*

> *Eras são períodos fixos de anos marcados por acontecimentos que definem o início e o fim de um tempo histórico. Exemplo: a era do gelo.*

Entregou à menina um pequeno embrulho de tecido escuro. Ela o abriu e viu o osso de uma falange, branco como neve. Disfarçou um arrepio de nojo e prestou atenção às explicações da Estrela da Manhã.

— Este osso pertenceu a um dos dedos das mãos daquele que construiu o Palácio de Vidro. Era chamado de Construtor, e por muito tempo viveu entre nós. Um dia ele teve de ir embora, e todos choraram. Era muito querido. Isso foi há muito tempo. Apesar de gostar deste mundo, ele precisava partir, para continuar seu bom trabalho em outros lugares. Mas antes o Construtor decidiu entregar suas falanges a poucas criaturas no Céu e na Terra, para que elas nunca se esquecessem dele e contassem sua história através das eras. Foi um sacrifício de amor. Uma delas ficou comigo. Sei que você ama seus irmãos, por isso eu a entrego de bom grado para que possa achá-los. Vá e os encontre, estrelinha da Terra.

A garota agradeceu com lágrimas nos olhos e guardou o osso no bolso do avental que usava. Conforme o amanhecer dava mais sinais, as estrelas a abraçaram com carinho.

Era hora de dizer adeus.

O banquinho da garota voltou para o solo. Os demais assentos subiram às alturas. A menina ouviu uma última vez a voz da Estrela da Manhã:

— Sempre que olhar para o céu, lembre-se: uma estrela estará piscando por você!

Todas cintilaram.

O Sol nasceu, e elas se apagaram uma a uma. A menina ficou só, mas logo percebeu um arco-íris brilhando a oeste.

"A Montanha de Cristal!", ela pensou, e para lá caminhou. Levou quase um dia inteiro nessa jornada.

Encontrou-a exatamente como as estrelas lhe disseram. Ela era muito alta; um grande cristal encravado no chão. Começou a escalar a encosta com dificuldade. Os dedos das mãos se cortavam nas fissuras afiadas e sangravam.

Na metade da escalada, seu pé escorregou numa depressão. Ela se desequilibrou. O banquinho caiu e despedaçou-se lá embaixo. A menina segurou-se, respirando fundo. Continuou a subir, alcançando o cume.

O Palácio de Vidro apareceu, salpicado pela luz vermelha do poente. Era lindo!

A menina tateou a maçaneta de cristal decorado dos portões. Encontrou o orifício da fechadura e buscou, no bolso do avental, a falange embrulhada no tecido escuro. Buscou e buscou, mas nada encontrou.

— Ah, não... — com profunda tristeza ela percebeu que, ao escorregar pela montanha, com certeza o osso deveria ter caído junto com o banquinho.

E seria impossível encontrá-lo agora que o Sol se punha. Havia perdido a chave!

Sentou-se e chorou. Seu reflexo no chão cristalino mostrava a desesperança.

— Meus queridos irmãos, eu falhei. Perdoem-me... — as lágrimas criavam desenhos no piso transparente.

Antes que a claridade desaparecesse, a menina vislumbrou elmos, espadas, punhais e restos de armaduras espalhados pelo local. Decerto haviam pertencido a guerreiros que tentaram entrar no Palácio, mas que haviam falhado.

"Assim como eu", ela pensou com amargura. "E tudo isso por causa de um osso..."

Um estalo dentro da cabeça da menina a fez parar de chorar, de repente. Levantou-se apressada e examinou a fechadura com cuidado. Introduziu cada um dos dedos no buraco, até que um deles se encaixou.

Um sorriso iluminou seu rosto, misto de determinação e receio.

"Eu preciso tentar", ela decidiu. Pegou um dos punhais abandonados ao relento e apontou-o para a própria mão. Quando a luz do sol se pôs por completo, a menina havia cortado fora o mindinho esquerdo.

Mesmo sentindo uma dor terrível, ela improvisou um curativo com parte da barra do avental. Em seguida raspou o dedo amputado com o punhal, deixando o osso à mostra, e colocou-o no buraco da fechadura, girando-o como uma chave.

Esperou, com a respiração presa na garganta e o ferimento latejando.

Ouviu o som de um clique metálico. Os portões rangeram e se abriam. Em meio à dor e à alegria, a menina contemplou o interior do Palácio de Vidro, iluminado por centenas de velas em lustres transparentes. A luz era tão forte que espantou a escuridão que a envolvia.

A menina atravessou o batente, e os portões se fecharam às suas costas. Olhou para trás, temerosa, mas engoliu o medo e seguiu adiante, segurando a mão ferida. Seus sapatos estalavam no piso de vidro, e as paredes refletiam sua imagem com distorções ora mais finas ora mais cheias.

Caminhou por um extenso corredor, sem ouvir nada além dos próprios passos. Chegou a um salão perfeitamente redondo. Nele havia uma mesa de cristal, com candelabros. Sobre ela, três tigelas e três taças. Um agradável aroma pairava no ar.

A boca da garota salivou. Ela não havia comido o dia todo. Aproximou-se da mesa por impulso. Provou da comida e da bebida; caíram em seu estômago esfomeado como um afago bem-vindo. Ia beber da terceira taça, mas uma voz a interrompeu:

– Como entrou aqui?

A menina deu um pulo e voltou-se. Sem perceber deixou cair na taça o anel do irmão, que escorregara de seu dedo. Um anão estava à sua frente, e trazia uma bandeja nas mãos. Ele não parecia raivoso, apenas espantado.

Colocou a bandeja sobre a mesa de cristal e a observou, reparando em seu ferimento. Antes que ela pudesse se explicar, comentou:

– Ah, compreendo! Usou seu mindinho para abrir a fechadura! – disse tranquilamente, embora surpreso. – O Construtor criou esse segredo; ele o revelou a mim e a alguns. Mas vejo que você sabe como os portões funcionam. Isso é espetacular. Tem muita coragem, menina, ou é muito estúpida! Eu fiquei com uma das chaves – retirou da túnica uma falange pendurada em um cordão.

– A-A... Estrela da Manhã... m-me deu a chave... – ela gaguejou. – Mas a perdi porque rolei pela montanha. Tive de achar outra maneira de entrar.

– A Estrela da Manhã? Isso é ainda mais fabuloso! – ele comentou. – As estrelas só agradam àquelas que consideram semelhantes. Você deve ser uma estrelinha também. Mas isso não vem ao caso no momento. Diga-me: quem é você e o que quer?

– Vim procurar meus três irmãos. As estrelas me disseram que eles fugiram do Sol e da Lua, e habitam o Palácio de Vidro. Tenho viajado pelo mundo para encontrá-los.

O anão arregalou os olhos, maravilhado.

– Os Senhores Corvos são seus irmãos? Isso é um prodígio! – disse, exaltado. – Eles chegaram aqui trazendo uma das chaves. Desde então, esta é a morada deles. Eu os sirvo como servi ao Construtor. A comida e bebida que provou eram o jantar dos Senhores, e eles não ficarão nada satisfeitos com isso. São muito ariscos, aqueles corvos. E maus também...

– Meus irmãos? Maus? Jamais! – ela os defendeu com ímpeto. – Eles são bons rapazes, eu os amo...

– Escute, menina. Viu as armaduras e armas abandonadas do lado de fora? Eram de homens que vieram em busca de riqueza e aventura; os três corvos os mataram. Seus irmãos fizeram aquilo. É bom que saiba – o anão explicou. A menina engoliu em seco. – Sei que os ama, acredito nisso. Somente o amor teria permitido que seu dedo amputado abrisse os portões; era um dos mistérios do Construtor. Contudo, a praga rogada contra os Senhores Corvos os tem transformado. Eles não são as pessoas gentis que conheceu, e não gostam de intrusos. E, oh! Eles vêm aí!

O som de um baque nos portões confirmou o que o anão dissera: eles haviam sido abertos. Uma furiosa ventania tomou conta do aposento e uma revoada vigorosa ecoou. A menina sufocou com o vento e o anão a segurou pelo braço.

– Aqui, esconda-se atrás desta pilastra! – ele ordenou, puxando-a.

A coluna era de vidro negro, larga o suficiente para ocultar sua figura franzina. A menina encolheu-se e, disfarçadamente, observou a cena.

Os três corvos circularam o teto abobadado, crocitando, e pousaram. Os olhos eram vermelhos e raivosos. Não exibiam mais a doçura que ela conhecera. O anão nada dizia, permanecia a um canto da mesa.

O primeiro corvo aproximou-se da refeição. Admirou a tigela, vendo-a quase vazia, e grasnou:

– Quem comeu do meu prato?

O anão permaneceu calado.

O segundo dos Senhores Corvos viu sua taça pela metade.

– Quem bebeu da minha taça?

E, ainda, o anão nada dizia.

O terceiro corvo agitou as penas, virando o pescoço para os lados.

– Sinto cheiro de carne humana! Tem alguém aqui! – falou.

Os três corvos perceberam então as gotas de sangue pelo chão. Eram do dedo amputado da menina. A trilha vermelha terminava na pilastra negra e distinguiram o reflexo dela no piso. Grasnaram como loucos. Um deles voou e a arrancou do esconderijo com as garras.

– Invasora! Invasora! – berravam os três, trincando os espelhos com seus gritos.

– Irmãos, por favor! Sou eu! – a menina implorou, tentando trazê-los à razão.

– Irmãos? – um deles zombou. – Não temos irmã! Você comeu nossa comida e bebeu nossa bebida. Agora terá de pagar, como os outros invasores!

As aves crocitaram ferozes. Arrepiaram a plumagem e abriram os bicos. Iriam furar os olhos da menina! Ela não conseguiria fazê-los enxergar a verdade. Morreria nas garras daqueles a quem mais amava no mundo.

Nesse momento, o anão falou:

– Meus Senhores, ela não chegou a beber desta taça. Vejam, está intacta – o homenzinho exibia o cálice de cristal.

Os três corvos agitaram os pescoços, olhando para a taça. E notaram que, dentro dela, havia algo brilhante e redondo. O terceiro corvo ficou admirando o anel imerso na bebida. Com cuidado, usou o bico e o tirou de lá. Em seguida colocou-o no chão.

Eles miravam a joia em silêncio. Seus olhos, vermelhos e ferozes, passaram a ficar mais claros e ternos. Encararam a menina. Seu rosto estava banhado em lágrimas, as vestes sujas de sangue, e a mão exibia o dedo que faltava.

Os três entenderam o que havia acontecido. E melhor: eles a reconheceram.

– Irmã... – disseram em uníssono.

Por algum tempo houve um confuso abraço entre carne e penas. Então, aos poucos, garras viravam dedos, plumas se tornavam pele e cabelos, e três corpos humanos abandonavam a forma de aves.

Os três corvos estavam livres. Graças ao amor de sua irmã.

O anão sorria.

– Não quer mesmo vir conosco? – perguntava a menina ao anão, na saída dos portões.

– Devo ficar. Tenho uma obrigação a cumprir no Palácio de Vidro – ele respondeu. – Vão, voltem para casa e sejam felizes. Toda e qualquer praga acabou.

O anão sorriu, aceitando o abraço emocionado da menina. Observou os quatro irmãos descerem a Montanha de Cristal, desaparecendo ao nascer do Sol. Fechou os portões imaginando em que ocasião seriam abertos novamente. E pensava na promessa que fizera ao Construtor: sempre ajudaria àqueles que ali viessem, se fossem merecedores.

Levou algum tempo, mas eles retornaram a sua vila. Reencontraram a mãe – muito enferma – remoendo a culpa pela praga rogada e a dor da perda dos filhos. Ao vê-los, ela levantou do leito e ajoelhou-se, pedindo perdão. Foi envolvida por abraços.

Desde esse dia passaram a viver em paz e harmonia, deixando para trás aquelas lembranças.

Mas em algumas noites, enquanto todos dormiam, a menina saía às escondidas pela porta dos fundos. Ia admirar as estrelas, sentada em seu novo banquinho. A mais brilhante delas, a Estrela da Manhã, piscava lá do alto, e ela quase podia ouvi-la tagarelar em seus ouvidos.

Antes que o Sol nascesse, a garota puxava para fora da túnica um cordão preso ao pescoço. Contemplava a falange de seu dedo, que lhe fora devolvida pelo anão.

"Um dia você poderá precisar do Palácio de Vidro mais uma vez, quem sabe?", ele lhe dissera em segredo e piscara.

A menina então sorria, pegava seu banquinho, e voltava para o interior da casa.

E do lado de fora, a Estrela da Manhã piscava, piscava, piscava...

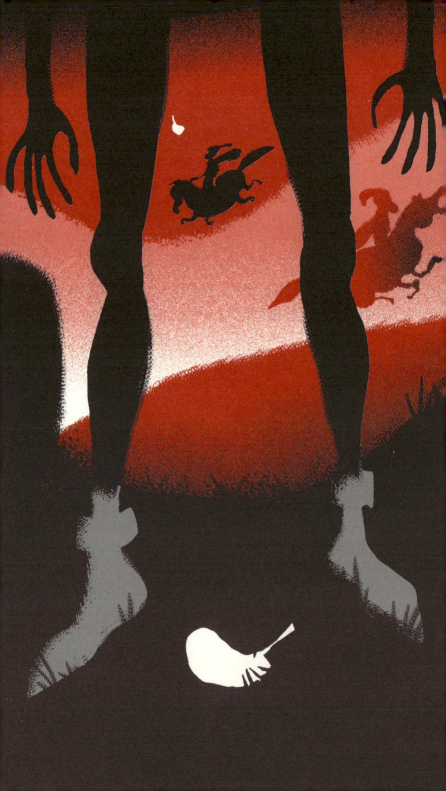

As Três Penas

Era uma vez um rei.

Esse rei tinha três filhos. Dois deles eram ousados e fanfarrões e se destacavam em tudo. Sempre ganhavam os campeonatos, eram hábeis espadachins, ótimos cavaleiros, ovacionados pelos súditos e amados pelas donzelas.

Já o terceiro filho era tímido, acanhado. Terminava as competições em último lugar, era invisível para as garotas, não conseguia cavalgar com destreza e era desastrado.

Por esse motivo, ficou conhecido como Simplório.

– Ei, Simplório! Não se esqueça de ficar em cima da sela do cavalo! Ou prefere que consigamos para você

> *Coxa deriva do verbo "coxear". Significa andar firmando o passo mais de um lado do que do outro, graças a alguma deficiência física provocada por acidentes, por problemas de nascença ou na velhice.*

uma mula mansa e coxa? – os irmãos zombavam dele, durante a cavalgada.

Simplório nada respondia.

O rei, entretanto, não fazia diferença entre os filhos, apesar de conhecer as limitações de Simplório.

Ao sentir o peso da idade sobre os ombros, ele ficou preocupado com o futuro do reino. Teria que decidir qual príncipe herdaria a coroa após sua morte, como ditava a tradição, o que não seria uma tarefa fácil. O rei amava os filhos e queria ser justo.

"Como farei para deixar o reino em boas mãos?", o rei pensara por vários meses.

Certa manhã, ao ter uma ideia, chamou os filhos e lhes disse:

– É chegado o momento de escolher a quem passarei a coroa. Existe somente um reino, e este deverá ser governado por apenas um rei.

– E qual de nós será esse rei, meu pai? – perguntou o filho mais velho.

O segundo filho estava ao seu lado. Simplório colocava-se mais atrás, como sempre fizera.

– Eu não sei – respondeu o pai. – Por muito tempo venho refletindo e tomei uma decisão: vocês terão a oportunidade de conquistar a coroa por seus méritos. Como nos antigos desafios. Por isso, aquele que me trouxer o mais belo tapete do mundo será meu sucessor no trono.

– E de que parte do mundo deseja esse tapete, meu pai? – perguntou o segundo filho, ansioso. Simplório nada dizia.

– Venham comigo, e lhes mostrarei – disse o rei, seguindo para a entrada do castelo.

Diante da ponte levadiça, ele exibiu três penas brancas em sua mão.

– Estas penas apontarão a direção. Cada um deve escolher uma pluma, e deixar-se levar por ela. E no final da jornada encontrar o mais belo tapete do mundo.

O rei soprou as penas. Uma delas voou para o leste. O filho mais velho saltou para a sela do cavalo, gritando:

– Irei para o leste! E trarei o mais belo tapete das terras de lá!

Outra pena voou a oeste. O segundo filho montou seu cavalo, bradando:

– Irei para o oeste e trarei o mais belo tapete das terras de lá!

Já a terceira pena rodopiou fracamente, como se estivesse com preguiça de ir para qualquer lugar. Caiu em frente a uma rocha, não muito longe dos portões. Simplório olhou para ela, desanimado. Aquela era a sua pluma. Os irmãos riram-se dele.

– Ahá! Veja se há um tapete debaixo daquela rocha! – disse o mais velho. Esporou a montaria e desapareceu ao leste.

– Cuidado, Simplório! Não corra demais com o cavalo! – caçoou o segundo irmão, cavalgando para o oeste.

O rei acompanhou a partida dos filhos e encarou Simplório. O rapaz estava de cabeça baixa. Alguns pajens riam, às escondidas. O rei se aproximou dele.

– Procure com sabedoria, meu filho – e foi para o interior do castelo.

Simplório caminhou para a pedra e sentou-se sobre ela. A pena não apontava nenhuma direção; ficava ali, imóvel.

"Como poderei encontrar um tapete assim?", ele pensava.

O anoitecer escureceu sua figura e suas esperanças. Sem saber o que fazer, o rapaz começou a balançar o corpo de lá para cá. Com esse movimento a pedra se deslocou, inclinou-se, e o derrubou.

Ao se levantar, Simplório viu que havia algo diferente no espaço deixado pela rocha.

– Ora essa! O que temos aqui? – perguntou-se, impressionado.

Era um alçapão de mármore branco.

Uma aldrava dourada estava fixada nele. Simplório a puxou. A tampa se moveu, revelando um túnel e uma escadaria. A pena imediatamente pulou para dentro dele.

– Veja só... – Simplório começou a descer os degraus em espiral.

Quando a escada terminou, ele se viu numa

O alçapão é uma pequena porta no nível de um pavimento que dá acesso a um porão ou a um sótão.

A aldrava é uma peça decorada, de bronze ou latão, utilizada para bater em uma porta ou puxar um alçapão.

caverna subterrânea. A pluma voou para um corredor iluminado por tochas e Simplório a seguiu. Encontrou uma porta alta de madeira no final do trajeto. A pena grudou-se a ela.

Não havia maçaneta, apenas uma aldrava em forma de cabeça de sapo, com a língua comprida a descer-lhe pelos lábios. Tocou a peça e bateu-a por três vezes.

Do outro lado da porta, uma voz feminina falou:

Donzelinha verde,
Pulando aqui e acolá;
Corra para a porta,
Para ver quem está lá.

A porta se abriu com um rangido. Simplório ficou na presença de uma gorda e grande sapa, de olhos amarelados. Ela estalava a língua, que entrava e saía da boca, e gesticulava os dedos, convidando-o a entrar. O rapaz tremeu e não conseguiu se mover.

– Vejo que vai precisar de um "puxãozinho" – a sapa coaxou, projetando a língua. Ela o agarrou pelo pulso e o arrastou.

Adentrou um salão amplo. O chão estava tomado por bandos de pequenos sapos, que coaxavam. Simplório teria de caminhar com cuidado para não pisar em nenhum deles. Mas a sapa colocou o corpanzil adiante, abrindo espaço entre os parentes. Ele a seguiu.

No extremo oposto do aposento, o príncipe viu uma jovem mal vestida, trajando um manto e capuz gastos.

A roca é uma máquina de fiação. Ela transforma fibras vegetais, como o algodão, em fios, que depois são levados a um tear para a confecção de tecidos e roupas.

O fuso é uma haste, na qual se prende um contrapeso que dá estabilidade na hora de girar a roca e produzir o fio.

Sentada, fiava numa roca, deslizando os dedos com destreza. Novelos dourados se acumulavam num cesto aos seus pés.

A sapa coaxou. A garota levantou a cabeça, abandonou o fuso e encarou Simplório.

— Bem-vindo ao Reino dos Sapos, jovem príncipe — ela o saudou. — Por que seus olhos estão varados de tristeza?

Simplório reconheceu sua voz. Ela havia ordenado que a porta fosse aberta. Fez uma curvatura respeitosa, torcendo o chapéu nas mãos, e respondeu:

— Donzela do Reino dos Sapos, meu pai, o rei, confiou a mim e a meus irmãos a tarefa de encontrar o mais belo tapete do mundo. A cada um foi dada uma pena, e nosso pai ordenou que a seguíssemos para cumprir a missão. As plumas levaram meus irmãos para o leste e o oeste. A minha trouxe-me para este lugar.

— E o que deseja é isso? O mais belo tapete do mundo? — a garota questionou.

Simplório pôde ver cachos de cabelos verdes escapando do capuz que lhe ocultava o rosto.

— Sim, é o que desejo — ele respondeu.

A garota do Reino dos Sapos acenou para a sapa gorda, dizendo:

Donzelinha verde,
Pulando aqui e acolá,

Corra rápido e me traga
A grande caixa que está lá.

A sapa pulou, fazendo o chão tremer. E voltou, empurrando uma arca entalhada. A garota a abriu e retirou dela um tear de madeira clara e pentes de ouro. Começou a cantar:

Donzelinhas verdes,
Pulando aqui e acolá,
Corram rápido, ligeiras,
E venham me ajudar.

Os sapos se agruparam, ajudando-a a separar os novelos dourados, abrir a cala, inserir a trama, criar a urdidura, puxar e repuxar as lançadeiras, num ritmo veloz de batida de pentes. Simplório a tudo assistia, maravilhado. A cada movimento do tear, os sapos acrescentavam elementos diversos: pérolas, pedras preciosas, fios de prata, borboletas, estrelas, sóis e luas. Até mesmo unicórnios e sereias foram incorporados à tapeçaria.

Horas mais tarde, o príncipe contemplava o tapete mais lindo que já vira, com paisagens fantásticas vindas dos sonhos. Os sapos o enrolaram e a garota o entregou.

— Tem o mais belo tapete do mundo, jovem príncipe. Pode levá-lo ao seu pai.

Simplório agradeceu e conseguiu vislumbrar a parte inferior do rosto da jovem. O

O tear é um aparelho mecânico ou eletromecânico de tecelagem, que existe há milhares de anos. A maioria deles usa pentes e lançadeiras. Para a confecção de roupas, tapetes, etc., é necessário abrir uma cala – uma manta de fios superior e inferior – utilizando uma trama transversal e uma urdidura longitudinal, por onde serão "batidos" os pentes que moldarão o tecido.

queixo era fino, e a boca, rosada. A sapa gorda o empurrou para fora, fechando a porta.

O príncipe subiu as escadas e cerrou o alçapão. A pedra movimentou-se e cobriu a entrada secreta.

Com o tapete nos ombros, o rapaz seguiu para o castelo. Nos portões, os guardas o cumprimentaram.

– Bem-vindo, alteza. O rei o aguarda na sala do trono, com os príncipes. Eles retornaram há algumas luas.

Simplório olhou os guardas, espantado. Quanto tempo havia ficado no Reino dos Sapos? Para ele, pareceram algumas horas. Mas a julgar pelos trajes que os súditos usavam e pela mudança no clima, estava claro que uma estação inteira havia se passado.

Ao entrar no salão real, viu os irmãos. Cada um tinha um tapete enrolado aos pés. Ambos o olharam, com sorrisos de escárnio.

– Ora, vejo que Simplório finalmente retornou! – disse o mais velho. – Sua busca deve tê-lo levado para terras bem distantes daqui!

– Ficou tecendo um tapete sobre a pedra, irmãozinho? – zombou o segundo irmão. – Espero que não tenha calejado as mãos num ofício tão duro!

E riram. Simplório, como sempre, nada disse. Deitou o tapete ao chão e curvou-se para o pai.

O rei levantou-se do trono, satisfeito em ter os filhos de volta, e falou:

– Muito bem. Vejamos quem me trouxe o mais belo tapete do mundo.

O primeiro filho bateu no peito, orgulhoso.

– Meu pai – disse. – Das terras onde as mulheres se cobrem com véus, onde reis caminham sobre calçadas de ouro, eu lhe trouxe o mais belo dos tapetes!

Estendeu a tapeçaria. Era feito em seda, com padrões geométricos belíssimos. O rei ficou impressionado.

Depois de examinar a peça, acenou para o segundo filho. Ele anunciou, envaidecido:

– Meu pai! Das terras banhadas por oceanos infinitos, onde as estrelas se pintam em cores brilhantes nas noites escuras, eu lhe trouxe o mais belo dos tapetes!

E o desenrolou. Era escuro, felpudo como um gramado, mas macio como a lã de uma ovelha negra. O rei ficou igualmente encantado.

Por fim, restou Simplório. Ele tinha as mãos suadas.

– Vamos, meu filho! Mostre-me o seu tapete – pediu o rei.

– Aposto que não passa de lenços de esposas de camponeses, mal costurados entre si – sussurrou um dos irmãos. O outro riu.

Simplório abriu a tapeçaria. O aposento foi banhado por uma intensa luz dourada que irradiava dela. Ouviram sons de cachoeiras e pássaros e viram borboletas se desprenderem da trama e voarem. Mais de uma dúzia de animais diferentes apareceu e depois retornou para o tapete. O rei ficou maravilhado; os irmãos de Simplório, boquiabertos.

Era, sem dúvida, o mais lindo tapete do mundo! Não havia comparações.

– Se a justiça for feita, então o reino deverá ficar com Simplório – disse o rei.

Os filhos mais velhos, entretanto, não aceitaram. Retrucaram tanto que o pai, com um suspiro, decidiu demandar uma nova tarefa:

– Muito bem. Venham comigo.

E nos portões do castelo, ele segurou as três penas.

– Aquele que me trouxer a mais bela peça de linho, herdará o trono – e as soprou.

O mais velho dos príncipes seguiu para o leste. O segundo foi para o oeste.

A terceira pena caiu outra vez em frente à pedra.

A rocha moveu-se e Simplório puxou o alçapão. Desceu os degraus e chegou à porta de madeira, tocando a aldrava. Logo ouviu a voz da jovem fiandeira:

Donzelinha verde,
Pulando aqui e acolá;
Corra para a porta,
Para ver quem está lá.

A sapa gorda abriu a porta, mandando-o entrar.

Simplório contou à jovem o motivo de sua nova visita, e ela lhe perguntou:

– Então o que deseja é o mais belo linho do mundo?

– Sim, senhora, é o que mais desejo – ele respondeu.

A jovem girou a roca. Auxiliada pelos sapos, transformou maços de fibra dourada em novelos de linho. Com eles teceu uma magnífica fazenda, que brilhava à luz das tochas. Durante as horas que permaneceu no Reino dos Sapos, Simplório e ela trocaram algumas conversas. Aquela era a primeira vez que uma garota lhe dava atenção.

Terminado o trabalho, ela lhe entregou o tecido. Graças à chama das velas, ele pôde ver seus olhos: verdes, profundos como o oceano, mas imersos em tristeza.

Deixou o subterrâneo e voltou ao palácio. Não se espantou ao constatar que mais uma estação havia se passado. Os irmãos o aguardavam.

O mais velho havia trazido linho da Pérsia, alvo como as nuvens. O segundo filho trouxera linho do Egito, embebido em perfume de lótus. Mas o rei viu a beleza do linho dourado de Simplório, refletindo salpicos de arco-íris, e concluiu:

– Justiça seja feita, o linho de seu irmão caçula é o mais belo. Ele deve ser o futuro rei!

Uma vez mais a discórdia imperou. E o rei foi obrigado a ordenar uma nova missão.

– Aquele que me trouxer o mais belo anel do mundo, será declarado meu sucessor – e soprou as três penas.

Simplório já esperava que sua pluma caísse defronte à rocha. Alcançou a caverna apressado, as faces avermelhadas pela expectativa. Adentrou o Reino dos Sapos desejando encontrar a jovem fiandeira. Sorriu ao ver seus cabelos verdes espalhados para fora do capuz, adornando uma parte visível do rosto.

– Tudo o que deseja é o mais belo anel que existe? – ela perguntou. O som de sua voz tocou o coração do jovem.

"Será mesmo?", a mente de Simplório perguntava, alheia a qualquer anel.

– S-Sim... é o que mais desejo – ele respondeu, suspirando.

A jovem percebeu aquilo, mas nada falou. Virou-se para a sapa:

Donzelinha verde,
Pulando aqui e acolá,
Corra rápido e me traga
A grande caixa que está lá.

Abriu a arca e dela retirou um belíssimo anel, ora de ouro, ora de prata, com todas as pedras preciosas do mundo incrustadas nele.

Ao agradecer, Simplório tocou a mão da jovem. O gesto a fez encará-lo. Ele experimentou o calor dos dedos finos; sua garganta se apertou. Depressa, ela retirou a mão.

— Já tem o que mais deseja, jovem príncipe — disse e voltou ao fuso.

Simplório não queria partir; ansiava por ficar e conversar com ela. Mas a sapa gorda praticamente o chutou para fora, fechando a porta.

Na superfície, outra estação havia transcorrido. Entrou no palácio, e os irmãos lá estavam. E outra vez Simplório vencia o desafio: seu anel era o mais belo de todos.

— Se a justiça for feita, Simplório será rei — declarou o pai.

Mas os irmãos, inconformados, protestaram:

— Meu pai! Dê-nos uma missão que exija nossos mais hábeis dons! — pediu o primeiro filho.

— Sim, meu pai! — bradou o segundo. — Quem poderá garantir que não existe um tapete, um anel ou um linho mais belo do que estes? Dê-nos um desafio digno de príncipes! Mande-nos para a luta, à guerra! Mande-nos trazer algo de maior valor!

O rei olhou para Simplório. Ele estava ausente da discussão, como se sua mente e coração habitassem outro lugar. Se não conhecesse o temperamento do filho, diria que estava apaixonado.

"Talvez esse seja o maior dos desafios...", pensou o rei, tendo uma nova ideia.

– Muito bem – disse o monarca. – Venham comigo.

Nos portões do castelo, segurando as três penas brancas na mão, ele ordenou:

– Vocês me pediram um desafio digno. Algo que difere os homens dos meninos. E aqui está ele: cada um seguirá uma pena e encontrará a mais bela mulher do mundo para ser sua esposa. Vencer batalhas não é nada comparado a conquistar o coração de uma mulher. Aquele que conseguir tal feito será declarado herdeiro de meu reino.

Soprou as penas. O mais velho seguiu para o leste, bradando:

– Eu trarei a mais bela mulher do mundo, e ela será minha esposa!

O segundo filho seguiu para o oeste.

– Eu lhe trarei a mais bela nora que um rei poderá ter! – dizia enquanto cavalgava velozmente.

A pena de Simplório caiu.

O terceiro príncipe caminhou, pesaroso. Puxou o alçapão com vagar. A pluma deslizou para o túnel. Ela lhe dizia que encontraria uma bela mulher no Reino dos Sapos e venceria a prova. Seria rei. Talvez houvesse uma donzela oculta na arca da jovem fiandeira.

"E se houver? Terei coragem de me casar com ela...?", pensou. Desceu os degraus com o coração apertado. Bateu na porta e ouviu a voz da garota:

Donzelinha verde,
Pulando aqui e acolá;
Corra para a porta,
Para ver quem está lá.

A gorda sapa o fez entrar e o conduziu à jovem. Ele tentou ver seu rosto, mas o capuz estava todo puxado. Nada de cabelos verdes, olhos esmeralda e queixo de neve. Ficou decepcionado.

– Jovem príncipe, por que seus olhos estão varados de tristeza? – ela perguntou, parando de fiar.

"Por que talvez nunca mais veja você...", ele quase falou, mas se controlou.

– Jovem donzela do Reino dos Sapos – o rapaz respondeu. – Meu pai, o rei, deu-nos uma nova tarefa. Ele soprou as três penas e ordenou que trouxéssemos a mais bela mulher do mundo... Que devíamos conquistar o seu coração e... E a desposarmos...

A jovem nada disse. Ficou contemplando o rosto infeliz de Simplório. Se o rapaz pudesse ver a sua face, encontraria a mesma angústia estampada nela. Quando até mesmo os sapos ficaram em silêncio, ela finalmente falou:

— É isso o que deseja, jovem príncipe? Conquistar o coração da mais bela das mulheres?

Uma estranha ansiedade o tomou. Nunca fora um galanteador como os irmãos. As conversas com a jovem do Reino dos Sapos resumiam sua experiência com as mulheres.

Porém, diante daquela pergunta, teve ímpetos de cortejá-la. Sabia o que sentia por ela. Mas tinha consciência de que não era correspondido. Essa certeza o magoava.

Sufocou seus sentimentos. Não desejava desapontar o pai. Tinha uma missão a cumprir. Se fosse obrigado a se casar, sem amor, ele o faria. Entretanto, queria que a garota o visse com bons olhos. Nem que fosse pela última vez.

— Na verdade, senhorita, não — afirmou Simplório. — Não desejo a mais bela mulher do mundo, mas sim aquela que conquistou meu coração. Ganhar o amor dessa donzela seria o maior dos prêmios! Mas sou tão simplório e medíocre que ela não deve ver em mim um pretendente. Então, creio que não tenho alternativa. Devo acatar o desejo de meu pai e vencer o desafio.

A garota o observou com atenção. Chamou a sapa gorda, dizendo:

Donzelinha verde,
Pulando aqui e acolá,
Corra rápido, e me traga,
A grande caixa que está lá.

A sapa saltou e trouxe a arca entalhada. A garota a abriu e dela retirou uma abóbora. Raspou-lhe o miolo, deixando-a oca. Entregou-a ao príncipe juntamente com seis sapos.

– Volte para seu reino, jovem príncipe – ela mandou. – À noite, amarre os sapos na abóbora e coloque-a debaixo da luz da lua cheia, à beira de uma lagoa. A mais bela mulher do mundo irá ao seu encontro.

As mãos de Simplório e da garota ficaram entrelaçadas sobre o fruto, mas dessa vez ela não as retirou rapidamente. O príncipe teve de partir. Antes de a sapa fechar a porta, ele virou-se. Mas não viu a fiandeira.

Retornou à superfície. A noite ia alta, a lua brilhava.

Simplório fez o que a jovem ordenara. Colocou a abóbora às margens da lagoa, afastada do castelo, e prendeu os sapos. O fruto começou a estremecer assim que a luz do luar o tocou. Cresceu e cresceu, tomando a forma de uma carruagem. Os sapos se transformaram em cavalos brancos, atrelados ao veículo, e relincharam.

Simplório viu a lagoa borbulhar. E de suas águas surgiu uma mulher. Ela trajava um longo vestido, fulgurante como as estrelas. Um véu ocultava seu rosto.

A mulher parou, fez uma mesura, e disse:

– Jovem príncipe, sou aquela por quem pediu, e a quem deve conquistar o coração.

Simplório corou ao ouvir sua voz. As mãos suaram, a vergonha o tomou. Tentou controlar-se, respirando fundo. Era um príncipe, precisava agir como tal. Pensou na donzela do Reino dos Sapos para buscar coragem. E ela veio.

Curvou-se em galanteio e beijou-lhe a mão. Durante toda a noite eles passearam pelas margens do lago, trocando confidências e sonhos. Simplório a olhava, encantado com o mistério que rodeava sua dama prometida. Antes que o sol nascesse, não conseguia mais imaginar a vida futura sem a companhia dela.

A dama ria de suas piadas, suspirava com seus devaneios e chorava com suas tristezas. Já estavam perdidamente apaixonados quando o galo cantou.

Em seguida, soaram os clarins que anunciavam a volta dos dois príncipes.

– Minha querida – Simplório confidenciou à jovem de véu. – É chegado o momento. Quero que conheça meu pai, o rei. E que o reino saiba que será minha futura esposa. Se me aceitar... – completou timidamente.

Ela tomou sua mão. Um leve tremor a percorreu.

– Veremos se ao final das apresentações de hoje, jovem príncipe, ainda me amará e me desejará como esposa – ela respondeu. – Talvez nunca mais queira me ver...

– Jamais! – ele jurou, com uma determinação que nunca sentira antes. – Você é a dona do meu coração. De conquistador, declaro-me conquistado!

Embarcaram na rica carruagem. Ao verem tamanha pompa na chegada de Simplório, seus irmãos se entreolharam. Cada um tinha uma dama ao lado, trajando véus. O rei veio ao encontro deles, no pátio.

– Meus filhos! Fico feliz com o seu regresso! – o monarca os abraçou. – E agora, veremos qual de vocês trouxe a mais bela mulher do mundo para o palácio.

O filho mais velho aproximou-se de sua dama e descobriu-lhe o rosto. Ela era linda; a pele morena, coberta com delicadas pinturas; olhos tão negros quanto asas de corvos e lábios carnudos. Usava joias elaboradas e seus cabelos desciam numa trança. Arrancou suspiros dos nobres e servos.

– Meu pai! Apresento-lhe minha noiva, a mais bela mulher do mundo – anunciou o príncipe.

O rei a examinou. E reconheceu as marcas de lágrimas em seu olhar.

– Minha futura nora, não lhe agrada ter meu filho como marido? – perguntou-lhe.

A jovem o olhou, chorosa.

– Meu senhor, eu não tenho escolha – respondeu. – Fui vendida ao seu filho por meu pai. Ele pagou a generosa oferta de mil moedas e cinquenta camelos, o valor estipulado pela minha beleza. Devo cumprir meu dever e me casar com ele.

O rei balançou a cabeça, pesaroso. O segundo filho retirou o véu de sua noiva.

– Meu pai, eu lhe apresento a mais bela mulher do mundo.

A jovem era loira, com profundos olhos cor do céu, maçãs do rosto rosadas e lábios bem vermelhos. Os cachos da cabeleira caíam com graça sobre os ombros, e seu perfume lembrava uma brisa primaveril. Mas também exibia o semblante triste, que a extrema beleza só acentuava. O rei lhe perguntou:

– Minha futura nora, não lhe agrada ter meu filho como esposo?

A jovem não conseguiu conter as lágrimas.

— Meu senhor, eu não tenho escolha — respondeu. — Meu irmão, o rei de uma nação do ocidente, fez um acordo político com seu filho e fui entregue como parte do espólio. Devo cumprir meu dever e me casar com ele.

Mais uma vez, o rei meneou a cabeça, entristecido.

Restara Simplório. Ele curvou-se para o pai, sorrindo.

— Meu pai, quero que conheça minha futura esposa — apresentou-lhe a jovem, sem retirar-lhe o véu. — Com sua bênção, desejo me casar com ela ainda hoje.

O rei notou a mudança na atitude e postura do filho: comunicara sua decisão de maneira segura, sem rodeios. O soberano voltou-se para a mulher e perguntou:

— Minha futura nora, deseja se casar com meu filho?

Ela deu um passo adiante.

— Meu senhor, não há nada que eu mais anseie neste mundo! — respondeu, entusiasmada. — Seu filho me conquistou com palavras e atitudes. Conforme dita meu coração, devo me casar com ele.

O rei sorriu, colocando as mãos nos ombros de Simplório.

— Ah, meu filho! Vejo que conseguiu cumprir a missão — falou o rei. — Conquistou o coração de uma mulher, e também a ama. Por direito, o reino deve ser seu!

Nesse instante, os dois irmãos esbravejaram.

— Como assim? Isso não é justo! — disse o primeiro. — Nós trouxemos as mais belas mulheres do mundo, meu pai!

— Sim, isso mesmo! — completou o segundo. — Que

Simplório prove que sua futura esposa é mais linda do que as nossas!

As discussões aumentaram. O rei tentava apaziguar o humor dos filhos, mas eles foram inflexíveis: queriam conhecer a beleza daquela mulher.

Sem alternativa, Simplório colocou-se de frente à amada.

— Lamento ter de fazer isso, meu amor — ele disse, e ouviu o choro baixo dela.

E quando puxou o véu, oh!

Os demais recuaram um passo, assombrados. Aquela mulher tinha uma cabeça de sapo! Seus olhos verdes esbugalhados corriam de um lado para o outro e a língua teimava em saltar pela boca, sem parar.

Os irmãos de Simplório ficaram enojados, as mulheres tremiam de medo, o rei estava espantado.

— É um monstro! — berrou o primeiro príncipe.

— Uma aberração! — gritou o segundo.

Simplório, porém, continuava olhando para ela, apaixonado.

— Por favor, meu senhor! Não quero que me veja assim! — a mulher-sapo pediu, entre lágrimas, tentando desviar o rosto.

Ele tocou a face da jovem com carinho. A mulher-sapo não entendia aquela reação. Simplório mirou seus olhos verdes. Experimentou tamanha paz ao contemplá-los que suspirou. Tomou-lhe as mãos, beijando-as.

— Como posso deixar de olhar para a mulher que amo? Aquela que tanto me ajudou em minhas missões e com quem me casarei? – ele perguntou.

A mulher-sapo sorriu, num esgar. Ele a havia reconhecido! De fato, Simplório sabia quem ela era desde a madrugada. Bastaram poucos minutos em sua companhia para reconhecer a verdade. Aquilo o fizera ter ainda mais certeza de que a amava.

Ela apertou as mãos do rapaz, dizendo:

– Pois então, meu amor. Abrace-me e mergulhe!

Arrastou-o para a imensa fonte borbulhante no pátio e mergulharam. Ao voltarem à superfície, Simplório estava encharcado da cabeça aos pés. Mas a mulher-sapo não.

Aliás, não havia mais uma "mulher-sapo".

Todos contemplaram uma belíssima jovem de longos cabelos esverdeados, olhos verdes-esmeralda e pele branca, como neve: a fiandeira, que Simplório encontrara no Reino dos Sapos.

A garota expôs sua história a uma plateia boquiaberta: ela fora uma princesa, considerada a mais linda mulher do mundo em sua terra natal. Mas sua beleza atraíra um pretendente indesejado: o príncipe de um reino vizinho, cruel e sanguinário. Ela se recusara a casar com ele, e o príncipe recorrera a seus magos.

Eles a enfeitiçaram.

O encanto a mantinha presa, como humana, no Reino dos Sapos – onde o tempo corria mais lentamente –, e a transformava em uma mulher-sapo no mundo dos homens. Dessa forma, o príncipe rejeitado garantira que nenhum homem iria se aproximar dela.

No Reino dos Sapos, a princesa fora acolhida pela gorda sapa, na verdade a rainha daquele lugar. A rainha-sapa descobriu que o encanto poderia ser quebrado se um homem declarasse seu amor pela princesa perante a sua forma enfeitiçada.

A jovem, porém, duvidara que aquilo pudesse acontecer, e viveu isolada no subterrâneo por muitos anos. E então, um dia, Simplório apareceu, buscando por um tapete.

— Sim, e acabei encontrando o amor — ele falou, sorridente.

Diante do que fora presenciado, o rei decretou que Simplório seria seu herdeiro, e ordenou aos dois filhos que devolvessem as noivas às suas terras.

O casamento de Simplório foi inesquecível! A rainha-sapa e seus vassalos haviam sido convidados e compareceram a rigor. A noiva usava um vestido dourado, costurado com o linho que tecera, e Simplório tinha no dedo o anel que ela lhe dera — que possuía todas as pedras preciosas do mundo.

Entraram na carruagem que os levaria para as núpcias. Animais mágicos saíram do tapete encantado e os seguiram num cortejo.

— Uma bela mulher não é aquela que nos salta aos olhos, mas a que faz saltar o nosso coração — explicou sabiamente o rei aos outros filhos.

E como um rei sábio, ele morreu, anos depois. Mas o reino não ficou desamparado. Simplório, o terceiro filho, subiu ao trono e mostrou-se também um governante sábio e justo. Além de muito feliz ao lado da esposa.

Sempre que um súdito lhe perguntava o que fazer para ser igualmente tão afortunado, o rei Simplório tomava uma pluma na mão e a soprava.

– Siga a direção indicada pela pena – ele dizia.

Ainda nos dias de hoje, essa história faz os moradores daquele lugar soltarem plumas pelo ar.

Elas voam e voam, levadas pela brisa. Carregam sonhos, desejos e esperanças.

E promessas de uma eterna felicidade.

As Três Fiandeiras

> As aias eram servas pessoais de rainhas, princesas e damas conceituadas das cortes. Muitas famílias ofereciam suas filhas para que fossem aias reais, na esperança de alcançarem prestígio e uma posição social junto à realeza.

Há muito, muito tempo, viveu uma rainha.

E nada a deixava mais feliz do que ouvir o som das rocas, fiando o linho. Por isso, a rainha fazia questão de que todas as aias fiassem, sem parar, o tempo todo.

— Jamais me canso da melodia das rocas! — ela afirmava.

A rainha tinha um filho. Quando o príncipe atingiu idade para se casar, ela o avisou:

— Muitos reis oferecerão as filhas a você. Mas, como sua mãe, devo escolher a melhor esposa, meu filho. Confie em meu julgamento.

E o príncipe confiou, esperando.

Nesse mesmo reino, vivia uma jovem que detestava o fuso. Ela fazia outras tarefas com perfeição, mas sempre que a mãe a mandava fiar o linho, ela se recusava. Por mais que a mãe dissesse ser aquela a obrigação de uma boa moça, ela escapulia ao trabalho.

– Como pretende conquistar um marido decente? – a mãe gritou-lhe um dia, já não contendo mais a raiva. – Ninguém há de querer para esposa uma preguiçosa como você!

E perdeu de vez a paciência. Começou a bater na filha com uma vara. A garota chorava. As vizinhas ouviram os lamentos, mas nada fizeram.

– A mãe está correta, ela precisa de uma lição! – diziam as mulheres.

Neste exato momento, passava por ali a carruagem da rainha. Os súditos se curvaram em respeito, e não perceberam que a garota fugira da casa. A mãe corria atrás dela, empunhando a vara.

A jovem atirou-se à rua, e quase foi atropelada pelos cavalos reais. Ela caiu e continuou a ser espancada pela mãe.

– O que está acontecendo aqui? – gritou a rainha, descendo da carruagem com as aias.

A mãe jogou fora a varinha, dobrando os joelhos. A garota chorava de cabeça baixa, na lama. A rainha fez um gesto, ordenando à mulher que se levantasse. Ela obedeceu.

– Majestade, perdoe-me por esta cena – desculpou-se a mulher, constrangida.

— Por que castiga sua filha, anciã?

A mãe tinha o semblante envergonhado. Não queria admitir a preguiça da filha na presença da soberana. Por isso, decidiu mentir:

— Majestade, minha filha nunca para de fiar! — afirmou, com convicção. — Eu a mando para outros afazeres, mas ela se recusa e volta para a roca. Somos pobres, não tenho condições de comprar tanto linho para seus dedos tão hábeis.

E a chuva de reclamações maternas continuou. A menina percebeu que a mãe mentia, mas não disse nada. Apenas limpou as lágrimas e a lama do rosto com o avental.

A tagarelice da mulher a cansou, e a rainha fez um aceno imperativo. Ela se calou.

A soberana aproximou-se da garota e a examinou.

"É bonita. Seria linda se estivesse bem vestida e penteada; facilmente pareceria da nobreza", pensou a rainha. Tomou-lhe as mãos: finas e lisas. Os dedos das fiandeiras possuíam muitos calos.

"Talvez ela precise de desafios maiores para seu talento", concluiu a soberana.

Ao soltar-lhe as mãos, a rainha disse:

— Você deve gostar da melodia do fuso, já que só deseja fiar como sua mãe afirma. Eu também aprecio o som das rocas, do linho sendo estendido. As notas tocam a alma. Não é verdade?

A jovem concordou com a cabeça, depois de encarar o semblante zangado da mãe. Faria qualquer coisa para se livrar das surras. A rainha sorriu e anunciou:

— Levarei esta garota para o palácio. Tenho linho mais do que suficiente para que ela exercite sua paixão. Se for tão boa quanto a mãe afirma, será declarada a melhor fiandeira deste reino.

A mãe ficou muito satisfeita. Beijou as mãos da soberana e curvou-se. A garota estremeceu.

"A rainha vai me matar se descobrir a verdade!", pensou.

— Pegue seus pertences e suba na carruagem! — a rainha lhe ordenou. Ela obedeceu, sentando-se ao lado do cocheiro.

O coche cruzou os portões do castelo com pompa. A jovem desceu. Trazia uma trouxa de pano nas mãos, e admirou a impressionante construção e o corre-corre dos servos. Nunca havia chegado nem mesmo perto do palácio.

— Siga-me! — mandou a rainha.

A garota andou, observada pelos servos. Eles riam dela. Ao passar pelo átrio, defronte a um jardim, viu um elegante rapaz entretido em um jogo com outros cavalheiros. Seu coração deu um salto. O corpo tremeu como se tomasse um banho de água gelada no verão. Nunca havia visto um homem tão lindo!

A rainha percebeu a direção de seu olhar e prontamente a alertou:

— Jamais se dirija ao meu filho, compreendeu? Está aqui para cumprir minhas ordens!

"Aquele é o príncipe?!", ela se surpreendeu. Retomou o passo, baixando a cabeça. Mesmo com a reprimenda, seus pensamentos acabaram dominados por algo maior do que o medo que sentia pela rainha: o belo sorriso do príncipe.

Pelos corredores, a garota ouvia o som de rocas e teares. A rainha apontava para as aias que fiavam e teciam em várias saletas.

— Ouça! O som mais lindo do mundo! — disse-lhe a soberana. A garota fingiu concordar.

Chegaram a uma porta fechada. Assim que a criada a abriu, a jovem arregalou os olhos. Montes e montes de meadas de linho, amontoadas do chão ao teto, enchiam o cômodo. O aposento parecia tomado por nuvens.

— Aqui está sua tarefa — a voz da rainha era alegre. — Irá tecer este linho. Se o que sua mãe disse é verdade, não terá dificuldades. Voltarei em três dias para ver o resultado.

— Três dias?! — a jovem engasgou ao ouvir aquilo.

— Três dias — repetiu a rainha, impassível. — Se cumprir a tarefa, eu lhe concederei um pedido.

— E se eu não conseguir? — perguntou a jovem, assustada.

— Se fracassar, para cada dia que dei, um dedo eu lhe tomarei. Depois a devolverei à sua mãe. Se não for capaz de fiar, para que mais lhe servirão os dedos?

A rainha e as servas deixaram a garota e as ameaças trancadas no aposento. Havia comida e bebida para três dias. Ela se sentou num banco, diante da roca e do fuso, e começou a chorar, apavorada.

– Três dias! Nem que vivesse 300 anos conseguiria dar conta disso! É impossível! – ela se lamentava. – Eu sabia que fiar só me traria tristezas. Odeio esse trabalho!

Chorou por muito tempo. As lágrimas acabaram e ela cantarolou uma velha canção para espantar a solidão.

"Ninguém me ouvirá mesmo...", pensou.

Mas seu canto acabou atraindo a atenção do príncipe, que passava próximo ao corredor. Ele o seguiu e encontrou o aposento trancado.

– Quem canta do outro lado da porta? – perguntou o príncipe, curioso.

A garota se assustou. Foi para a porta, e olhou pela fechadura. Seu coração quase falhou ao reconhecê-lo.

– Vossa alteza! – ela disse, tremendo.

O príncipe também olhou pelo buraco, mas viu apenas um olho azul.

– Senhorita, o que faz aí dentro? – ele perguntou, subitamente ansioso para conhecer a dona daquele olhar e daquela voz. – Venha para fora, vamos caminhar pelo jardim – convidou.

– Alteza, eu não posso – a garota respondeu.

– E por que não? – ele quis saber.

"E agora, o que direi?", ela pensou, aflita. Não poderia falar que era prisioneira da rainha. Nem que era uma simples camponesa. Teve vergonha das roupas velhas e do cabelo mal arrumado. Queria impressioná-lo. Raciocinou rápido e corajosamente disse:

– Alteza, estou aqui a convite da rainha. Suas aias me instalaram confortavelmente e em segredo neste aposento, a meu pedido. De onde venho, os costumes ditam que só posso me apresentar para a realeza após três dias. Peço que respeite e entenda meus motivos, e que nada diga à sua mãe sobre esta nossa conversa. Não devo desrespeitar as tradições.

A garota torcia para que o rapaz acreditasse em sua mentira. Em três dias a rainha a mandaria embora e não precisaria se preocupar com a presença do príncipe. Nem com a opinião que ele teria a respeito de uma camponesa maltrapilha.

Ela nunca mais o veria.

Aquilo a entristeceu.

O príncipe, contudo, lembrava-se da promessa da mãe: encontrar para ele a esposa ideal. E concluiu que a jovem fosse uma candidata. Ele sorriu. Mesmo sem poder ver seu rosto, tanto a voz quanto o doce olhar já o haviam enfeitiçado.

– Pois bem, acatarei seu pedido, senhorita. Se minha mãe a trouxe, confio no julgamento dela – disse o príncipe.

Durante as horas seguintes ficaram ali, separados pela porta, conversando. O príncipe ficou surpreso ao perceber o quanto gostavam das mesmas coisas – algo que jamais encontrara em nenhuma garota –, e a jovem apreciou aqueles momentos felizes.

"Nunca me esquecerei dele. Vale a pena perder três dedos por isso", ela pensou.

O pôr do sol pintou o céu e eles se despediram. O príncipe acariciou a madeira da porta com suavidade.

— Em três dias, voltarei para vê-la. Aguardarei os minutos com ansiedade – ele prometeu.

Afastou-se, suspirando por um amor secreto. A garota também suspirou, mas por tristeza. Nem bem conhecia o amor e ele lhe seria arrancado junto com seus dedos.

Retornou para o banquinho e chorou. A luz da lua entrava pelo aposento quando ela secou as lágrimas. Caminhou para a janela.

Apreciou a beleza do luar. O quarto ficava de frente para a rua silenciosa. Uma angústia tomou conta do peito da garota, e ela cantarolou uma triste canção.

Na rua, o canto atraiu a atenção de três mulheres. Elas olharam para cima e a viram.

— Jovenzinha, por que canta com o coração tão triste? – perguntou uma delas, com um lábio inferior grande, que se dependurava sobre o queixo.

A garota, a princípio, teve medo. O aspecto da mulher a assustava. Suas duas companheiras também não eram nada agradáveis. Uma tinha o dedo indicador da mão direita tão longo e grosso que poderia ser divido em três. A outra arrastava um pé chato, gordo e esparramado, quase do tamanho de uma tábua de cozinha.

Ela pensou em se afastar da janela, mas se sentia solitária com seu destino e acabou compartilhando toda a história.

As mulheres a ouviram, e a do lábio inchado disse:

— Pobre mocinha! O que acham, irmãs? Devemos ajudá-la?

As outras concordaram com a cabeça. A mulher beiçuda falou para a jovem:

– Afaste-se da janela, para que possamos entrar.

"Como assim elas querem entrar? Aqui é muito alto!", pensou a jovem, mas fez o que lhe pediram. Inexplicavelmente, elas conseguiram saltar o beiral. As três mulheres sentaram-se nos banquinhos e pegaram a roca. A do lábio inchado umedecia a ponta da meada com muita saliva; a mulher do dedo longo atava a ponta à agulha; a do pé grande pisava no pedal, fazendo a roca girar. Graças às suas deformidades, o trabalho era veloz.

O som encheu os corredores. Nos aposentos reais, a rainha ouviu. Satisfeita, dormiu embalada pela melodia.

Por quase três dias as fiandeiras fiaram, sem parar. A jovem dividiu com elas a comida e a bebida. Ao final do prazo dado pela rainha, centenas de novelos de linho perfilavam-se em carretéis nas prateleiras do aposento.

As três fiandeiras então se despediram.

– Se precisar de nós, cante na janela e viremos – prometeu a fiandeira do grosso lábio.

E elas se foram nas sombras da madrugada.

A rainha entrou no aposento na alvorada do terceiro dia. E sua alegria ao ver os novelos era tamanha que ela rodopiava pelo cômodo como uma criança feliz.

– Fez sua parte, minha jovem. Tem direito a um pedido – disse a soberana.

A jovem lembrou-se da promessa do príncipe, de que viria vê-la, e pediu:

– Quero estar bem vestida e penteada, como uma princesa.

Assim foi feito. O príncipe veio, ao meio-dia, e encontrou uma linda garota de vestido branco com pérolas, cabelos castanhos cacheados e tiara tão brilhante quanto seus olhos azuis. Riram e passearam pelos jardins. Estavam cada vez mais apaixonados.

Ao entardecer, despediram-se, e o príncipe prometeu:

– Viajarei pela manhã, mas retornarei em três dias para o baile. Serei o homem mais feliz do mundo se aceitar ser minha dama na festa.

Ela concordou, disfarçando a tristeza. A rainha certamente a mandaria para casa, agora que cumprira a tarefa. Mas como poderia deixar seu grande amor?

"Você é uma camponesa, não uma nobre", a mente da jovem lhe dizia. "Ponha-se em seu lugar!".

O príncipe beijou-lhe as mãos e se foi, feliz.

Naquela noite, a rainha voltou. Os criados traziam cestos e mais cestos de meadas de linho. O aposento ficou cheio outra vez.

– Em três dias darei um baile, e preciso de muito tecido – disse a rainha. – Se fiar o linho, ganhará outro pedido. Se não, perderá os dedos.

E saiu. Mas dessa vez a jovem não chorou. Rapidamente, abriu a janela e começou a cantar. As três fiandeiras vieram. A jovem lhes contou o que a rainha pedira, e as mulheres se entreolharam.

– E então, irmãs? Vamos ajudá-la? – disse a fiandeira de grosso lábio. As outras concordaram.

A mesma mágica se repetiu. E as fiandeiras se foram na madrugada do terceiro dia.

Ao chegar ao aposento, a rainha encontrou linho mais do que suficiente para cobrir o reino. Ela rodopiou, satisfeitíssima, e disse:

— Você fiou o linho, tem direito a mais um pedido.

— Desejo ir ao baile de vossa Majestade — a jovem pediu.

Ao anoitecer, a garota entrou no salão repleto de luzes. Vestia-se com requinte e imediatamente chamou a atenção por sua beleza. Jovens cavalheiros a cercaram, mas o príncipe, afastando-os, estendeu-lhe a mão.

— Senhorita, concede-me a honra dessa dança? — ele disse.

Ela sorriu.

Durante toda a noite, eles dançaram. A rainha observou aquilo, mas não interferiu. Seu amor pela tecelagem falava mais alto. A jovem provara ter as qualidades que ela achava necessárias para uma boa esposa, mesmo não sendo da nobreza.

Entre uma dança e outra, o príncipe retirou-se com ela para o jardim.

— Abençoado o dia em que minha mãe a convidou a vir a este reino! — ele disse. — Desejo que nunca mais vá embora, e que seja minha esposa. Aceita?

A jovem lutou para controlar o choro. O que poderia dizer? Ela o amava, mas era simplesmente uma camponesa que odiava fiar. Se a farsa das três fiandeiras viesse à tona, a rainha certamente lhe amputaria os braços!

— Dê-me três dias para responder — ela pediu, vendo a tristeza nos olhos do príncipe. — Assim ditam os costumes de onde venho – mentiu, para confortá-lo.

Ao nascer do sol, eles se separaram. A jovem voltou rápido para o quarto. Pretendia fugir para não ser castigada, embora a decisão lhe partisse o coração. Mas seu plano foi frustrado ao ver as duas aias que a aguardavam diante da porta. Foi levada à presença da rainha em outro aposento, muito maior do que aquele onde estivera.

E sua cabeça inclinou-se para o alto, para ver a quantidade de meadas de linho espalhadas no local. Era como contemplar o pico nevado das montanhas do norte.

– Meu filho está apaixonado por você, e vejo que não é indiferente ao seu amor – disse a rainha. – Por isso, tenho uma proposta a lhe fazer: se fiar todo esse linho, em três dias, você se casará com ele. Neste caso não me oponho a que ele se comprometa com alguém de posição inferior. Aprecio a ideia de uma habilidosa nora fiandeira. Entretanto, se falhar, cortarei pessoalmente suas mãos e a banirei, para sempre!

Fechou a porta. Dessa vez, a jovem deitou-se nas esteiras de palha e chorou. Poderia chamar as três fiandeiras e resolver aquele problema imediato, mas e depois? Seria nora da rainha, e ela certamente cobraria que mostrasse seu talento com a roca. E então a rainha e o príncipe descobririam que haviam sido enganados.

O coração da jovem se apertou. Em sua dor, ela passou a cantar baixinho, sem perceber.

– Por que canta com tanta tristeza, jovenzinha? – a voz da fiandeira do lábio inchado a fez pular.

Elas rodeavam a garota. As janelas, abertas. Chorando, ela contou o que havia acontecido. O último pedido da rainha.

— E então? Devemos ajudar esta jovem? — disse a primeira fiandeira às outras.

Antes que elas concordassem, a garota recusou a oferta:

— Não quero enganar mais ninguém. Fiz isso somente para fugir ao castigo, mas acabei me apaixonando pelo príncipe. Se para me casar com ele tiver de mentir a vida toda, será melhor que isso termine.

As mulheres se entreolharam. A beiçuda perguntou:

— Se fiarmos o linho e você se casar com o príncipe, não terá vergonha de nos convidar para o casamento?

— Claro que não! — a garota respondeu, surpresa. — De todo o coração eu as faria se sentarem ao meu lado no banquete nupcial. Mas isso não irá acontecer...

A jovem voltou a chorar.

— Não chore, criança! — pediu a fiandeira. — Vamos fiar o linho e em três dias se casará. Irá nos convidar para a cerimônia e então fará o seguinte...

Instruiu a jovem sobre como deveria agir. Mesmo com medo, a garota acabou concordando. As três fiandeiras se sentaram à roca: uma molhava o fio, outra pisava o pedal e a terceira torcia a meada. E os novelos caíam ao chão.

Ao concluírem o trabalho, elas se despediram:

— Já sabe o que fazer — orientou a de lábio inchado.

Naquela manhã, a rainha quase teve um ataque de felicidade ao contemplar as prateleiras.

— Preparem o casamento! — ordenou à criadagem, que se apressou.

O príncipe não se continha de alegria. Em meio a detalhes e preparativos, a noiva disse:

— Majestade e querido noivo, tenho um pedido a lhes fazer... — e solicitou permissão para convidar suas três velhas tias, a quem era muito ligada, para a cerimônia.

A rainha e o príncipe não viram motivos para negar.

O dia do casamento chegou. Convidados de vários reinos vieram e trouxeram ricos presentes. A noiva os recebia com um sorriso maravilhoso nos lábios felizes.

As festividades continuavam ao longo da manhã quando algumas pessoas no salão recuaram, horrorizadas. Três mulheres, com deformidades bem aparentes, apareceram. A noiva levantou-se do assento e correu para cumprimentá-las.

— Majestade, querido esposo, estas são as três tias de quem lhes falei – disse a noiva, apresentando-as. – Quero que elas se sentem ao meu lado no banquete.

A rainha não conseguia esconder a expressão enojada, afastando a barra do vestido à passagem das mulheres. O príncipe, decentemente, colocou-se de pé e as saudou:

— Bem-vindas ao nosso casamento, tias! Sentem-se, comam e bebam à vontade.

As três fiandeiras assim fizeram.

A rainha suportou como pôde a presença delas. Vendo que a sogra estava incomodada, a jovem princesa comentou em voz alta:

— Majestade, agradeço-lhe por receber tão bem as minhas tias, isso é muito importante para elas. Raramente podem ir a festas por causa das deformidades que lhe foram causadas por uma vida inteira de trabalho.

Olhou para as fiandeiras, lembrando-se do que haviam combinado.

— É mesmo? – perguntou o príncipe, curioso. – Conte-me sobre isso, querida.

— Talvez seja melhor que elas falem por si mesmas, meu querido – respondeu a jovem, acenando para a primeira fiandeira. – Minha tia, conte ao meu esposo como ficou com o lábio tão grande e inchado?

A fiandeira prontamente narrou:

— De tanto molhar o fio para colocá-lo na agulha da roca, vossa alteza.

A princesa perguntou para a segunda fiandeira:

— Minha tia, conte ao príncipe como ficou com o pé tão enorme?

— De tanto pisar o pedal da roca, vossa alteza – anunciou a velha senhora.

E finalmente, a terceira foi questionada pela princesa:

— Minha tia, conte ao príncipe como ganhou esse longo dedo?

— Foi de tanto torcer os fios das meadas para girar novelos de linho, vossa alteza – disse a fiandeira.

Os olhos da rainha quase saltaram do rosto. O príncipe levantou-se, exasperado.

— Ouviu isso? – o príncipe perguntou à rainha. – Vê o que uma roca de fiar pode fazer? Quanto sofrimento!

Eu jamais desejaria isso a minha amada esposa! Nem às outras boas súditas do reino. Querida, de hoje em diante não deve tocar num fuso, nunca mais!

— Mas sua mãe aprecia a ideia de uma nora que fia — disse a princesa, devagar.

— Mas eu não! — respondeu o príncipe. — Minha bela esposa não irá sofrer dos padecimentos de tal ofício!

A rainha não teve argumentos para contrariá-lo.

O príncipe convidou as "tias" para viverem no castelo. Mais que depressa, elas aceitaram.

Fez a rainha assinar uma nova lei, regularizando normas de trabalho seguras para as fiandeiras do reino. O som das rocas passou a ter hora certa para começar e terminar, todos os dias.

Assim, a bela camponesa, agora uma jovem princesa, livrou-se da fiação que tanto detestava.

Graças às tramas bem urdidas das três fiandeiras.

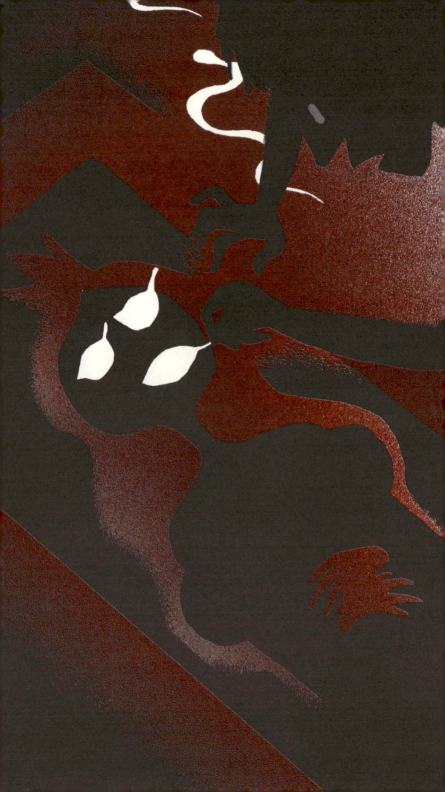

As Três Folhas da Serpente

Um aldeão viu-se perante um dilema.

Sua pobreza era tamanha, e a idade tão avançada, que ele não podia mais sustentar seu único filho. Vendo o fardo que representava, o filho do aldeão arrumou uma trouxa e disse ao pai:

– Querido pai, sei que as coisas estão ruins e não quero ser um problema para o senhor. Vou partir, cuidar de minha vida, ganhar meu próprio sustento. Só peço sua bênção.

Com tristeza, o pai o abençoou e o viu partir, talvez para não voltar.

Nessa mesma época, o soberano de um reino do outro lado do mar travava uma guerra contra seus inimigos. E precisava de soldados. O rapaz tomou conhecimento disso, viajou num barco e se alistou no exército.

No campo de batalha, o jovem soldado enfrentou a poderosa armada inimiga. Uma luta difícil. Os guerreiros caíam mortos e as linhas do rei enfraqueciam. O principal comandante de seu regimento foi morto, as fileiras reais se descontrolaram e tentavam debandar.

O rapaz sabia que se perdessem aquela posição estratégica o reino seria dominado. Por isso, correu para o comandante morto, tomou-lhe a espada e ante os apavorados soldados gritou:

– Onde está a sua coragem, guerreiros? Vão fugir? Deixar que suas terras e casas sejam tomadas? Viemos para defender este reino, é isso que o rei e o povo esperam de nós. É o que faremos! Até o final! Quem está comigo?

Um brado de vivas ecoou. As fileiras se reorganizaram. Sob o comando do jovem, partiram para cima dos invasores. Uma vitória gloriosa foi conquistada naquele dia.

O rei soube que devia aquele triunfo ao jovem soldado e o chamou. Deu-lhe presentes, belas peças de seda e armas de valor incalculável.

– Bravo guerreiro, meu reino e eu somos eternamente gratos – disse o rei. – Será o mais alto comandante das tropas e o meu favorito. Se houver algo que queira, peça e o atenderei.

Acontece que o rei tinha uma filha, a quem o jovem

já havia visto uma vez. Era linda, com pele morena e olhos de azeviche. Cercada por aias e guardas, ele não havia conseguido se aproximar dela.

No entanto, os amores brotam com força na juventude, assim como as tempestades no verão. A simples brisa da passagem da princesa fora suficiente para acender as brasas da paixão no rapaz. Ele ficara apaixonado.

Ao ouvir a proposta do rei, não hesitou e pediu:

— Vossa Majestade me cobre de honrarias e sou muito grato. Contudo, quero que saiba a verdade: de bom grado eu trocaria esses tesouros pela mão de sua filha em casamento. Se me achar digno disso, é o que desejo.

O rei franziu o cenho. Não lhe desagradava a ideia de tê-lo como genro, mas havia algumas implicações no pedido. Mandou que trouxessem a princesa para o salão. Ela prontamente o atendeu.

— Minha filha, nosso heroico salvador pediu a sua mão. Mas deve lhe contar sobre suas exigências quanto ao matrimônio, o que tem afugentado outros pretendentes. Aborrece-me que seja assim, mas assegurei à sua falecida mãe que respeitaria sua vontade.

A princesa fitou o rapaz e perguntou com voz musical:

> *O azeviche é composto por carvão compactado, um material de origem orgânica, assim como a pérola, o coral, o âmbar e o marfim. A gema do azeviche é também chamada de âmbar negro.*

— Você me ama, favorito do rei?

— Sim, de todo o meu coração — ele respondeu, com a vivacidade das flores que desabrocham na primavera. — Venci a guerra em sua honra, e seria o mais feliz dos homens se aceitasse meu pedido. E a faria a mais feliz das mulheres.

— Meu pretendente, vejo o amor em seus olhos e isso me comove — disse a princesa. — Também sinto inclinação para amá-lo, como esposa. Entretanto, fiz uma promessa no leito de morte de minha mãe: somente me casarei com o homem que aceite ser enterrado vivo junto ao meu cadáver. Da mesma forma, eu descerei viva ao túmulo com o corpo de meu marido. Afinal, de que adianta viver quando se perde o verdadeiro amor? A comida não teria sabor, a bebida não mataria a sede, o sol não aqueceria a pele e a música não aliviaria a alma. Aceitará essa exigência?

O jovem ouviu as palavras, mas as batidas de seu coração soaram mais alto. E foi com a energia da paixão que ele respondeu:

— Sim, eu aceito!

O rei pestanejou e inclinou-se para a frente no trono.

— Ouça bem, meu rapaz — disse, preocupado. — Entende o que está prometendo?

— Sim, Majestade. Serei enterrado junto à minha amada — ele respondeu, seguro. — Aceito as condições da princesa.

O rei observou a cegueira do amor brilhar nas íris do rapaz. Suspirou, resignado. De nada adiantaria seus conselhos ou recomendações naquele caso.

– Que se iniciem os preparativos para o casamento! – anunciou.

A cerimônia foi realizada com pompa, em uma festa que durou dias.

Alguns anos se passaram; a paz havia abençoado o reino e o casal real vivia feliz. Mas, sem aviso, uma grave doença atacou a princesa. Nenhum médico pôde salvá-la.

– Meu querido esposo, lembre-se de sua promessa – ela pediu no último sopro.

O príncipe chorou, desconsolado. No funeral, o mausoléu foi preparado para receber dois corpos, e não um. O rei não parecia satisfeito ao descer às catacumbas, mas nada podia fazer. O apaixonado príncipe não estava disposto a abandonar a amada.

– Há quatro velas, quatro pães e quatro garrafas de vinho à sua disposição, meu genro – disse o soberano, angustiado. – Cuide bem de minha filha.

A porta do mausoléu foi fechada.

Na escuridão, o príncipe acendeu a primeira vela. Olhou o cadáver da esposa sobre o nicho de mármore, coberto por uma fina organza. Beijou-lhe a face e disse palavras de amor. Fitou o segundo nicho, arrumado para que ele se deitasse e esperasse a morte ao seu lado. Mas decidiu velar o corpo da amada enquanto tivesse forças. Partiu bocados do pão e tomou alguns goles do vinho.

A organza é um tecido fino, originalmente feito de seda.

No quarto dia, restara-lhe um toco de vela, migalhas e a morte. As sombras projetadas pela chama criavam imagens da ceifadora nas paredes da cripta.

De repente, de uma pequena fresta no chão surgiu uma serpente. Branca, com olhos vermelhos brilhantes. Ela rastejou devagar, emitindo chiados com a língua bifurcada. A serpente pareceu encará-lo e deslizou para o cadáver da princesa.

"Enquanto estiver vivo não verei o corpo de minha esposa ser profanado por víboras!", o príncipe pensou. Pegou uma das espadas fúnebres ali deixadas e a atacou, partindo-a em três pedaços.

As partes da serpente ficaram se retorcendo por algum tempo. O príncipe sentou-se, exausto, a fraqueza sugando sua vida. Um novo sibilo o fez arquejar.

Uma segunda serpente branca estava parada em frente aos pedaços da primeira, e os olhava com atenção. Depois, desapareceu pelo buraco. Em minutos retornou, trazendo na boca três folhas verdes. Espantado com aquilo, o príncipe não esboçou reação.

Com cuidado, a serpente reuniu as partes do réptil mutilado e cobriu-as com as folhas, tapando cada ferida.

O príncipe quase não se atrevia a respirar, e perdeu o fôlego de vez ao ver a serpente morta se mexer. Os pedaços se uniram diante de seus olhos. Totalmente restabelecida, voltou à vida, coleando pelo chão e saudando a parceira.

E ambas se foram pelo buraco no chão.

O príncipe achou que estava alucinando. Vários dias

naquele mausoléu certamente teriam afetado seu juízo. Movido pela incredulidade, pegou as folhas deixadas pelas serpentes. Eram como quaisquer outras que ele havia visto; porém, depois da mágica que presenciara, ele duvidava que fossem simples "folhas".

Elas haviam ressuscitado uma serpente morta!

"Então, isso quer dizer que, talvez...", ele pensava, olhando das folhas para o cadáver da esposa. E teve uma súbita ideia. Quem sabe aquele poder milagroso pudesse agir em pessoas?

Aproximou-se do nicho de mármore. A esposa parecia dormir. Com mãos trêmulas, depositou uma folha sobre sua boca e duas em seus olhos.

E esperou.

A palidez cadavérica da princesa cedeu lugar a uma coloração rosada. O sangue voltou a circular em suas veias. Espasmos agitaram os músculos dormentes há dias e o peito subiu e desceu. Ela abriu os olhos e inspirou profundamente, entreabrindo os lábios.

Com um movimento brusco, sentou-se; colocou as mãos no colo e olhou o marido.

– Onde estou? O que aconteceu? – perguntou, desesperada, vendo as paredes do mausoléu e a luz da vela.

– Acalme-se, meu amor – disse o príncipe. – Você está comigo, voltou para mim... – e contou-lhe o que ocorreu, e como a trouxera de volta à vida.

A princesa tremia, assustada. O marido tentou tocá-la, mas ela recuou como se sentisse nojo. Entendendo a confusão da esposa, ele quis acalmá-la, dando-lhe o restante do vinho e do pão. Ela comeu com a avidez dos que experimentaram o gosto da morte e tentam retirar dos lábios o seu sabor amargo.

A chama da vela fraquejou e a princesa se apavorou.

– Estamos dentro de um túmulo! Eu fui enterrada viva! – gritou com ele. – Faça alguma coisa! Não quero ficar aqui!

O príncipe levantou-se e foi para a porta. Socou-a com força e gritou:

– Alguém! Estamos vivos! Chamem o rei!

As sentinelas ouviram e avisaram o monarca. Ele não acreditou nos guardas, julgando-os loucos, e desceu às catacumbas pessoalmente para verificar o que ocorria. Foi quando escutou o chamado do genro... e a voz da filha!

– Abram as portas, depressa! – ordenou aos guardas.

Com alegria, recebeu-os nos braços. Era o fim dos dias de luto.

– Meus filhos! Toda a tristeza acabou! – decretou o soberano.

Abraçado à filha e subindo os degraus, ele dava comandos para que uma festa fosse preparada. Queria comemorar aquele milagre.

Antes de deixar as criptas, o príncipe pegou as três folhas. Na saída, viu seu fiel criado a sua espera. Discretamente as entregou a ele, recomendando:

– Mantenha-as sempre com você. Nunca se separe delas, compreendeu? Ainda podem nos ser úteis.

O criado guardou consigo as três folhas da serpente.

O reino comemorou o retorno do casal real.

Entretanto, algo havia mudado: a princesa estava diferente. Não aceitou dormir nos aposentos do marido, voltou para o quarto de solteira, e se recusava a fazer as refeições com ele. Evitava-o e devolvia os presentes que ele lhe mandava.

Era como se todo o seu amor tivesse ficado enterrado no mausoléu.

O príncipe se entristeceu, mas compreendeu que a esposa havia passado por um grande trauma. Decidira dar a ela o tempo que precisasse.

Durante o período em que a princesa se recuperava, um mensageiro veio ao encontro do príncipe, com uma carta. Era de seu pai.

– Meu pai está doente. Partirei em viagem para visitá-lo. Gostaria de me acompanhar? – ele perguntou à esposa num dos raros momentos em que se encontravam.

O príncipe achou que ela negaria seu pedido, mas surpreendeu-se com a reposta:

– Eu o acompanharei, meu marido.

O que o príncipe não sabia, no entanto, era que a princesa agora nutria amores pelo novo capitão da marinha real. E fora justamente ele o encarregado de conduzir o barco da realeza naquela viagem. Já instalada em seu camarote, ela recebeu a visita secreta do capitão e a ele confidenciou seu plano:

– Nos livraremos de meu marido durante a jornada. Esteja preparado.

Numa noite em alto-mar a princesa mandou um recado ao marido, convidando-o aos seus aposentos. O príncipe arrumou-se e seguiu com o criado. Tinha esperanças de que aquele chamado representasse a felicidade que retornava. Afinal, havia dado provas de fidelidade e amor ao ser enterrado junto com a esposa, e resgatando-a da morte.

A princesa o recebeu com sorrisos, mas mandou que dispensasse o servo pessoal.

Ela despejou vinho em duas taças de ouro e brindaram.

– A um futuro de amor, minha esposa – disse o príncipe, bebendo.

– Sim, a um futuro de amor. Mas sem você! – ela sorriu, jogando o vinho no assoalho.

O príncipe sentiu a falta de ar como uma punhalada. O veneno maligno correu por seu corpo. Antes de desfalecer, viu o capitão deixar o refúgio de uma cortina e, rindo, abraçar a princesa. Compreendeu tudo.

Tarde demais. Tombou.

A princesa e o capitão o ergueram pelos braços e pernas. Em segredo, atiraram o príncipe para fora do barco. O mar o engoliu.

– Voltemos para casa, meu amor – disse a princesa com um semblante ardiloso. – Diremos ao meu pai que seu genro faleceu no caminho, e que você não mediu esforços para salvar-lhe a vida. Eu o exaltarei diante do rei, sua dedicação e fidelidade à casa real. Quando o luto terminar, meu pai não irá se opor ao nosso casamento. Será herdeiro da coroa, ao meu lado – e o beijou.

Retornaram para o camarote da princesa, sem perceber que o servo fiel do príncipe a tudo assistira. Em silêncio, ele desamarrou um dos escaleres e desceu ao mar. Com a agilidade de quem fora criado no litoral, remou até o ponto onde o corpo havia sido jogado.

Encontrou-o preso aos recifes de corais. Com cuidado, resgatou-o e trouxe a bordo.

– Meu senhor... – murmurou. – Espero que haja tempo.

De dentro da bolsa de couro, retirou as três folhas da serpente. Estavam tão viçosas quanto no dia da ressurreição da princesa. Depositou-as sobre a boca e os olhos do príncipe, como ele o ensinara, e esperou. Logo as cores voltaram ao rosto do cadáver, seus músculos saltaram e a respiração se restabeleceu. O príncipe sentou-se, assustado, e encarou o servo, ciente do que ele havia feito.

O criado revelou o plano final dos amantes. O príncipe, amargando a traição, disse:

– Eles já estão a caminho do reino, e certamente irão iludir o rei com mentiras.

– Não se preocupe, alteza. Conheço essas águas como a palma da minha mão. Sei quais correntes e marés seguir para chegarmos à terra firme antes deles – garantiu o servo.

Os escaleres são pequenas embarcações, geralmente a remo, que servem para transbordo de mercadorias nos navios ou para pequenos serviços no mar.

Remaram rapidamente. O escaler voava sobre as ondas. Alcançaram a praia e compraram dois cavalos. Foram a galope para o castelo.

O rei soube que o príncipe chegara, em segredo, e ficou surpreso. Ao receber o genro, mal vestido e abatido, ouviu-lhe a história.

– Não posso acreditar que minha filha tenha cometido tamanha baixeza! – ele esbravejou; em seguida, conteve-se.

O rei também havia percebido que ela mudara após ser ressuscitada. Não era mais a mesma pessoa. Com o testemunho do criado a favor do príncipe, ele tomou uma decisão.

– Vamos esperar que retornem. A verdade irá aparecer. Deve ficar escondido por enquanto, meu genro.

Logo que o navio real aportou no cais, uma carruagem trouxe a princesa ao castelo, acompanhada pelo capitão. Ela apresentou-se ao pai, chorosa em sua falsa dor.

– Onde está seu marido, minha filha? – o rei perguntou.

– Ah, querido pai! – ela respondeu, em lágrimas. – Volto para casa com uma triste notícia. Durante a viagem, meu marido ficou doente, muito doente. A febre o consumiu. Ele passou a agir como um louco. Mal chegamos à metade do trajeto e, numa noite, movido pelo delírio, ele se atirou pela amurada e caiu ao mar. O capitão tentou salvá-lo, mas as ondas enfurecidas o impediram. Buscas foram realizadas. Infelizmente o corpo de meu pobre esposo desapareceu. O mar o sepultou!

Passou então a louvar as qualidades do capitão, tal como o criado dissera que faria. A princesa terminou o relato radiante por dentro. O capitão estava convicto da vitória. O rei se sentia nauseado.

– Muito bem, capitão – ele disse, encarando-o. – Por sua lealdade à coroa, peço que fique hospedado no castelo durante o luto pela morte de meu genro.

E assim foi feito. A princesa mantinha uma cuidadosa tristeza na presença de todos, mas em segredo encontrava-se com seu novo amor.

Dias depois, o rei mandou chamar a filha e o capitão. Eles foram conduzidos às catacumbas pelos guardas. Encontraram o mausoléu real aberto, o lugar onde ela havia sido enterrada. O monarca segurava uma tocha.

– Veja, minha filha! O mar devolveu seu marido! – anunciou o pai, mostrando o corpo do príncipe sobre o nicho de mármore.

A princesa tremeu, e o capitão arregalou os olhos.

– Deve cumprir a promessa feita nos votos de núpcias – disse o rei. – Seu marido foi enterrado com você. É sua vez de ser enterrada com ele.

A princesa se desesperou e agarrou os cabelos. Viu as quatro velas, os quatro pães e as quatro jarras de vinho preparadas para ela e começou a chorar.

– Não, meu pai! Eu lhe imploro! Não quero morrer outra vez – ela pediu. – Não quero ser enterrada com ele, não suportaria!

– Deu sua palavra, minha filha – explicou o rei. – Jurou que morreria ao lado de seu verdadeiro amor. De que lhe vale a vida, agora que ele se foi? – usou o mesmo argumento da garota.

– Eu não o amo! – gritou ela, abraçando-se ao capitão. – Meu coração pertence ao capitão da marinha real! Não vou descer ao túmulo com um morto! Um homem que desprezo! Eu planejei sua morte, atirei-o ao mar para me livrar dessa obrigação! O corpo dele não deveria ter voltado, não era para ter voltado!

Ao ouvir aquelas palavras o príncipe se sentou. Olhou com frieza para a esposa. O servo real apareceu e mais guardas surgiram, cercando-os.

– E eis que o morto se faz vivo, mais uma vez – disse o rei, abatido. – Percebe o que fez, minha filha? Traiu um homem honrado, pronto a segui-la até no além. Um homem que a trouxe de volta do reino dos mortos. Como pôde?

A princesa procurou compaixão em seus olhares. Não encontrou nenhuma. Temendo pelo pior, ajoelhou-se perante o marido, erguendo as mãos em súplica.

– Perdoe-me, meu esposo! Misericórdia, eu lhe peço! – ela sussurrou, em pranto.

O príncipe nada sentiu. Seu amor parecia ter sido levado embora pelas ondas do mar, quando nele pereceu. Seria um estranho efeito das três folhas da serpente?

– Você me assassinou por amor – disse o príncipe, frio. – Deixarei então que o siga pelas sendas da morte.

Um a um, todos se retiraram do mausoléu. O capitão e a princesa, detidos pelos guardas, foram trancados dentro dele.

— Não, tirem-me daqui! Tirem-me daqui! Por favor!

Os gritos da princesa ficaram para trás, abafados pelo fechamento das portas externas.

E um rei amargurado pelo sofrimento caminhou ao lado de um príncipe desgostoso pelas tramoias da vida e da morte.

Anos se passaram e o rei faleceu, vítima da tristeza e decepção. Em seu sepultamento no mausoléu, o genro — e novo rei — viu os ossos dos amantes enterrados vivos abraçados sobre o nicho. E percebeu as serpentes brancas que por ali passeavam, encarando-o.

Ao voltar para o salão real, chamou seu servo, ordenando-lhe:

— Destrua as três folhas. Que de hoje em diante seja dado à vida o que for da vida, e à morte o que for da morte. Nada mais.

Por muitos anos, o novo rei governou. Mas estava sempre triste, sempre solitário. Alguns diziam que, ao caminhar pelo castelo, ele falava sozinho. Outros, que chorava.

"Parece um fantasma!", os servos murmuravam pelos corredores.

E ele era mesmo. Um morto-vivo a assombrar o castelo. O rei suspirava como se sentisse falta de tudo. Suspirava, por saber-se dono de nada.

Não voltou a se casar. Nunca mais encontrou o verdadeiro amor. Nem sabia se ele alguma vez havia existido de fato.

E afinal, de que vale continuar a viver depois que se perde o amor?

Numa noite enluarada, ele cavalgou para um rochedo à beira-mar. De braços abertos, mergulhou no canal. O oceano o recebeu, pela última vez.

As ondas o acariciaram com mãos leves de espumas e o beijaram com o mesmo sabor das lágrimas que ele derramara tantas vezes. E no repuxo da maré, o rei retornou ao mundo dos mortos. Seu corpo nunca foi encontrado.

Aquele canal recebeu o nome de "O Refúgio do Rei".

Marinheiros que por ali navegam juram que ele é assombrado. Sempre que o mar está agitado, salpicado de bolhas brancas, suspiros enchem o ar.

Suspiros de dor, de saudade; suspiros de tudo e de nada.

Suspiros de amor...

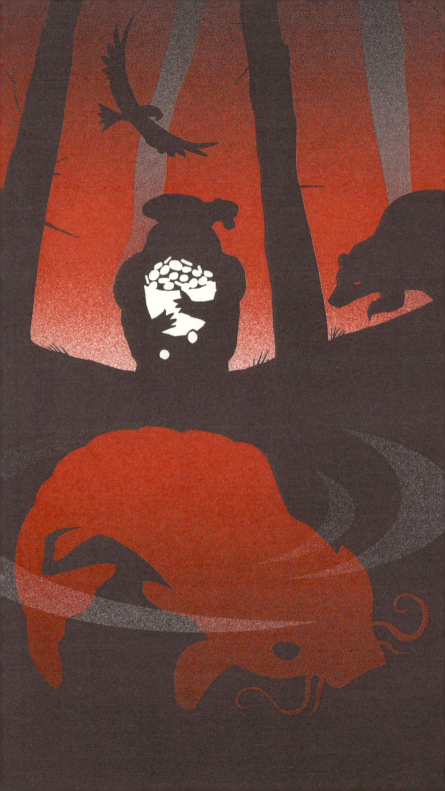

As Três Irmãs

Existiu certa vez um rei muito rico.

E por ser tão rico, acreditava que sua fortuna jamais acabaria. Esbanjava em festas, roupas luxuosas e viagens. Jogava xadrez em tabuleiros de ouro e partidas de campo com bolas de prata. O rei nada fazia para controlar os gastos e sua fortuna começou a diminuir. Quando o dinheiro acabou, passou a vender seus bens.

Em situações como essa, a ganância provocada pelo ouro se assemelha à ventania: ela chega com fúria, depois passa num piscar de olhos e apenas seus estragos permanecem.

Foi dessa maneira que o rei se viu na miséria.

Restara-lhe tão somente um velho castelo na floresta, sem atrativos. Ele nem se lembrava de sua existência. Mudou-se para ele com a esposa, três filhas e poucos servos.

Levavam uma vida simplória. Para comer, só tinham batatas. O rei as mastigava sonhando com suculentos perus e manjares. Provava da água e do chá imaginando os sabores dos vinhos a povoarem sua língua.

Certo dia, não suportando mais aquela penúria, o rei exclamou:

– Irei à caça hoje! Preciso comer algo além de batatas! Trarei um coelho ou outro animal que possa nos render uma ceia decente!

A rainha, preocupada, tentou impedi-lo.

– Meu esposo, a floresta é perigosa – disse, angustiada. – Correm boatos de que animais terríveis vivem lá. Por favor, fique!

– Não importa! Não retornarei até colocar comida de verdade na mesa do jantar!

Encheu os bolsos de batatas, pegou um odre de água, armou-se e foi para a porta. Despediu-se das filhas, ignorando os últimos apelos da rainha.

Seguiu pelas trilhas da floresta. As copas das árvores eram tão unidas que bloqueavam os raios do sol. Ele não via nem ouvia nada além do farfalhar das folhas.

Calculou que andara por muito tempo, pois ficou com fome e sede. Sentou-se sobre a raiz exposta de uma aveleira e tomou um gole de água. Ouviu um zumbido. Acima de si, havia uma colmeia pendurada num galho. Com habilidade, conseguiu furtar alguns favos de mel. Comeu e lambuzou os dedos e a barba.

Mas ainda sentia fome e passou a comer as batatas.

— Batatas! — resmungou o soberano falido. — Faminto como estou, comeria um urso inteiro!

— Ou talvez o urso devesse devorá-lo! — uma voz grossa fez o rei estremecer.

Passadas pesadas sacudiram o chão. Um grande urso marrom surgiu de entre as árvores e o encarou. Era o maior que o rei já havia visto, e o medo o paralisou por alguns instantes. Recobrados os reflexos, apontou a arma. Foi desarmado pelas garras do animal.

— Como ousa roubar o meu mel? — gritou-lhe o urso. — Entra em minha floresta, furta minha comida, e ainda tenta me atacar? Pagará caro por isso!

Ergueu o corpanzil, disposto a estraçalhar o rei.

— Por favor, não me mate! — pediu o soberano. — Eu não sabia que o mel tinha dono. Se estiver com fome, pegue estas batatas.

O urso ficou nas quatro patas e as cheirou. Com uma patada atirou-as ao chão, irritado.

— Não gosto de suas batatas — disse o animal. — Prefiro carne fresca, e a sua parece agradável. Será minha refeição de hoje!

O rei experimentou o hálito do urso contra o rosto e viu a saliva que pingava.

— Por favor, eu sou um rei — disse a ele. — Deve haver algo que eu posso lhe dar em troca de minha vida.

O animal analisou o homem. Ele suava frio e tinha o rosto pálido. Andou ao seu redor, mostrando superioridade. A arma do rei estava próxima, mas sabia que se tentasse pegá-la o urso seria mais rápido e o atacaria.

Por fim, aproximou o focinho à face do rei. Havia um sorriso desenhado nele.

– Eu posso poupar sua vida, mas não porque seja um rei. Isso não é importante. Na vida, todos podem caçar ou ser caçados. Sua salvação terá um preço – ofereceu o animal.

– Eu lhe darei qualquer coisa, prometo! – respondeu.

O urso exibiu os dentes.

– Em troca de sua vida, quero que me dê sua filha mais velha em casamento!

O rei arregalou os olhos, aparvalhado.

– Minha filha? Não pode pedi-la em casamento! Você não é um homem! – gritou.

O urso urrou. O monarca recuou, batendo as costas numa árvore.

– Você deu sua palavra, homem de coroa! – disse o urso, aborrecido. – Mandou que eu pedisse qualquer coisa, e o que quero é uma esposa: sua filha! Se não estiver disposto a cumprir o acordo, acabaremos com isso agora mesmo!

Arranhou o tronco sobre a cabeça do rei. O monarca não desejava entregar a filha àquele animal, mas também não queria morrer. Começou a falar, procurando argumentos:

– Minha filha é uma princesa. Reis e príncipes do mundo pagariam seu peso em ouro para desposá-la. Assim age a nobreza. Peça-me outra coisa ou pague o que ela vale.

O rei queria ganhar tempo para encontrar uma maneira de fugir. O animal recuou, encarando-o, como se estivesse refletindo. Os olhos do urso pareciam quase humanos ao falar:

— Se deseja uma atitude nobre, você a terá. Entregue-me sua filha e eu lhe darei cinquenta quilos de ouro e joias. Um dote mais do que apropriado à realeza.

Aquilo surpreendeu o rei. Ele teve de se controlar para não rir. Como uma besta selvagem conseguiria tanta riqueza?

"A quem ele deseja enganar?", pensou, ofendido. Analisou a situação e decidiu tirar proveito dela para escapar.

Levantou-se, arrumando-se com dignidade, e disse:

— Agora falou como um nobre. Se me deixar partir, e concordar em pagar esse dote, terá a mão de minha filha em casamento.

Estendeu a mão para o urso. O animal apertou-a com a pata imensa. O rei quase teve os dedos quebrados.

— Temos um acordo – o urso disse, satisfeito. – Em sete dias, irei buscar minha noiva. Terá seu ouro e joias, então.

O animal deu-lhe as costas e desapareceu pela floresta. O monarca arfou, massageando a mão dolorida. Havia conseguido!

"Urso tolo!", pensou, pegando sua arma. No entanto, uma intuição lhe dizia para tomar cuidado. Aquele animal era diferente e poderia cumprir a ameaça.

"Jamais entregarei minha filha a ele!", decidiu o rei, e voltou apressadamente para casa.

Assim que chegou, foi ao quarto das filhas. Elas bordavam toalhas e conversavam. Olhou para a mais velha.

– Quero que me ouça e obedeça! Nos próximos sete dias, você ficará na torre mais alta do castelo. Não importa o que aconteça, não desça de lá.

A rainha e as filhas estranharam aquela ordem. Mas o rei foi irredutível. A princesa acabou se recolhendo à torre. O pai mandou lacrar portas e janelas. A ponte levadiça foi suspensa. Trancou-se no castelo com a família.

Nos sete dias seguintes o rei não teve sossego. A rainha tentou saber a verdade, mas nada conseguiu. Na véspera do sétimo dia, ele reforçou as trancas e ficou de vigília numa janela. Mas o peso da madrugada o venceu. Adormeceu sobre uma poltrona.

Não viu a aurora iluminar uma esplêndida carruagem dourada, puxada por cavalos negros e escoltada por cavaleiros. O veículo seguiu para a ponte levadiça. Ela magicamente se abriu. A carruagem entrou no pátio, rodeada pelo séquito, e parou.

Um belo jovem de olhos e cabelos castanhos desceu do coche, trajando roupas e um manto marrom. Caminhou para os portões trancados e sussurrou:

– Abra!

> *O séquito é o grupo que acompanha uma autoridade, formado por nobres da realeza, cavaleiros, guardas, pajens, entre outros.*

As fechaduras estalaram e as trancas giraram. As portas seguintes obedeceram ao comando do rapaz. Ele caminhou em direção à torre.

Lá chegando, encontrou a princesa adormecida. Sentou-se na beirada da cama e a contemplou. Era tão bela! O jovem imediatamente se apaixonou.

– Levante-se, minha querida noiva – ele murmurou em seu ouvido.

A princesa estremeceu e abriu os olhos violetas. O sorriso que trocaram dispensou quaisquer palavras. Ela lhe deu a mão, levantou-se e o acompanhou.

O barulho dos relinchos dos cavalos finalmente despertou o rei. Ele olhou pela janela. A filha embarcava na carruagem junto a um completo estranho. Ele pegou a arma e correu.

O rei chegou ao pátio e o rapaz o fitou. Seus olhos castanhos tinham algo de animal. Como o olhar de um urso!

– Considere sua promessa cumprida, Majestade – o rapaz se curvou, entrando no coche.

– Não! – gritou o rei, apontando a arma.

Antes que algum disparo saísse do cano, a carruagem partiu como se estivesse atrelada ao vento. O rei cruzou a ponte levadiça e viu a filha pela janela do veículo. Ela lhe acenava com a mão, sorridente e apaixonada. Ele caiu de joelhos.

– Adeus, menina audaz. Vá e se case com o urso voraz – ele murmurou. A poeira das estradas engoliu o coche.

Sobre o coração do rei se abateu um profundo desespero. A filha caíra nas mãos de um urso! Cobriu-se de remorsos pelo trato que fizera. Voltou para o castelo e contou o que havia acontecido à esposa. Choraram por três dias em seus aposentos.

No quarto dia, o rei deixou seu quarto. Andava distraído pelo pátio. Aproximou-se da ponte levadiça e deu de frente com um baú de ébano. Tentou movê-lo, mas era pesado demais.

Abriu a tampa e um brilho irradiou sobre sua face. Havia ouro e pedras preciosas suficientes para comprar vários reinos!

Mergulhou a mão no tesouro. Ria e chorava ao mesmo tempo. O urso cumprira sua promessa!

O coração dos homens costuma se comportar de formas misteriosas diante das mais diversas situações. E o coração do rei estranhamente se aquietou do sofrimento depois que o dote prometido pelo urso lhe fora entregue. Afinal, o animal agira como alguém da nobreza, seguindo as regras da corte. Aquilo, mais o ouro, tiveram sobre o rei um efeito vigoroso: ele encontrou uma justificativa para apaziguar a consciência atormentada e reunir forças para seguir adiante.

Usou o dinheiro para reaver suas proprie-

> *O ébano é um tipo de árvore que produz uma madeira nobre e muito escura, quase negra.*

dades e entregou-se aos prazeres de antes: festas, jogos, esbanjamento.

Essa vida durou tanto quanto os cinquenta quilos de riquezas. O rei perdeu tudo, e mudou-se para o velho castelo da floresta outra vez.

Cansado de comer batatas, o soberano falido resolveu novamente sair para caçar. A rainha o advertiu:

— Por favor, meu esposo. Não vá à floresta. Ela só nos trouxe desgraças.

O rei concordou. Não desejava se aproximar daquele lugar. Partiu levando consigo um falcão adestrado. Foram para o campo. O rei soltou a ave, vendo-a voar em círculos à procura de uma presa.

Quando o falcão sobrevoou a encosta de uma montanha, uma gigantesca águia surgiu. A ave tentou fugir, mas garras o detiveram. Em segundos, estava morto.

Furioso, o rei atirou uma lança contra ela.

A águia se desviou e quebrou a arma com o bico, como se fosse uma haste de trigo. Depois desceu em voo rasante contra o rei.

Ele correu, mas acabou sendo içado ao ar pela ave. Ela o levou para a montanha e o atirou no cume. Em seguida, pousou, prendendo-o com as garras.

— Com ousa caçar em minhas terras? — perguntou a águia. — Não sabe que esse campo me pertence? O falcão pagou pelo erro, agora é sua vez de morrer!

Afundou a garra no ombro do rei.

— Por favor, eu não sabia disso! — gritou o soberano. — Não pode julgar a culpa de um homem por sua ignorância. Deixe-me ir embora. Nunca mais caçarei em seus domínios.

– De que me vale a palavra de um homem, mesmo sendo rei? – respondeu a águia, rudemente. – Já vi promessas serem quebradas e jogadas na lama. Por que seria diferente com você?

– Sempre cumpri minha palavra. Pergunte ao urso da floresta, que se casou com minha filha – disse o rei, rancoroso. – Deixe-me viver e lhe darei o que quiser.

A águia piou, fazendo o ar tremer. Eriçou as penas e dilatou as pupilas. Seu bico desceu em direção ao rei. Ele achou que iria morrer.

Entretanto, a pressão das garras diminuiu. A águia o libertou, encarando-o.

– Terá uma chance de me provar que os homens ainda possuem honra. Eu não o matarei se prometer me entregar sua segunda filha em casamento – disse a ave.

O rei levantou-se, apertando o ombro dolorido. Aquilo era um novo pesadelo.

– Não posso prometer isso – ele afirmou.

– Então, irá morrer! – gritou a águia, batendo as asas.

– Espere! Minha filha não pode se casar... porque não tenho mais fortuna. Não posso comprar para ela um belo vestido de casamento.

A águia aproximou o bico de seu rosto.

– Minha noiva não precisará de sua fortuna para ter o melhor traje nupcial – garantiu. – Mas se é fortuna o que deseja, velho rei, fortuna terá. Buscarei sua filha em sete semanas e lhe darei cem quilos de ouro por ela. Temos um acordo?

As garras afiadas da águia raspavam as pedras. O rei experimentou um medo profundo, aquele que só os homens despreparados para morrer conhecem.

– Você terá minha filha em sete semanas – concordou.

A águia eriçou as penas e agarrou o rei. Levantou voo e o largou no campo. Fez meia-volta no ar e gritou:

– Que minha noiva esteja à minha espera na data combinada! – voou para a montanha.

O rei correu. Voltou para o castelo e tomou as mesmas providências. Mandou lacrar portas e janelas, suspender a ponte levadiça, e instalou a segunda filha no porão.

– É para o seu bem, minha filha – garantiu o rei.

A rainha, inconformada, o questionou:

– O que pesa em seu coração, meu marido, e o faz cometer este ato absurdo?

Mas o rei, com vergonha de admitir que vendera mais uma filha para um monstro, nada respondeu. Durante sete semanas, a jovem princesa cantou e bordou no porão. Por vezes a mãe e a irmã lhe fizeram companhia. O rei andava nervoso. Quase não dormia.

Na sétima semana ele desceu ao porão para falar com a filha.

– Perdoe-me por tratá-la desse modo. Logo tudo voltará a ser como antes. Eu prometo.

A garota beijou a mão do pai. Sorriu, olhando-o com seus olhos violetas.

– Sei que deseja o melhor para mim, meu pai.

Naquela noite, misteriosamente, o rei caiu em profundo sono, como se um pó mágico tivesse sido soprado em suas pálpebras por um gênio dos sonhos.

Ao amanhecer, a segunda princesa foi despertada por um som. O alçapão se abriu e uma brisa convidativa a alcançou. Trazia o aroma de grama e flores.

Ela subiu as escadas, seguindo os sussurros do vento:
— *Venha, minha noiva prometida...*

Alcançou o gramado do lado de fora do castelo. Assim que os raios de sol banharam o capim, ela viu, na linha do horizonte, um cavalo de pelagem dourada e crina branca vindo em sua direção. O cavaleiro era um lindo rapaz, vestido de branco, com um esvoaçante manto de plumas. Um séquito digno de um príncipe o acompanhava.

O cavaleiro parou ao seu lado e sorriu. O coração da jovem se derreteu. Ele lhe estendeu a mão; ela não hesitou em pegá-la.

— Cavalgue ao meu lado, menina que não teme o perigo. Noiva da águia, venha comigo — ele disse, puxando-a para sua sela.

O rei despertou com o trotar dos cavalos. Olhou pela janela e viu a filha na garupa do animal, segurando as costas de um rapaz de branco. O manto de plumas do cavaleiro imediatamente o fez se lembrar da águia. Ela tinha vindo buscá-la!

Os cavalos galopavam como se voassem pelo gramado. O vento da sua passagem balançou as vestes do rei, que ali chegara. Ele ouviu a voz distante da filha dizendo: Adeus! Adeus!

A rainha veio do castelo, gritando:

– Minha filha! Onde está a princesa? Ela não está no porão!

Envergonhado, o rei revelou à esposa a história sobre o noivo águia. Ela caiu em pranto e precisou ser amparada pela única filha que lhe restara.

A tristeza dos soberanos arrastou-se por semanas. Numa manhã, o rei decidiu caminhar pelo gramado, que evitava desde o incidente com a filha. E lá, sob o orvalho, algo brilhava. Completamente pasmo, deparou-se com dois grandes ovos de ouro! Eram pesados, deveriam ter cerca de cinquenta quilos cada um.

O rei lembrou-se da promessa da águia.

"Quem tem ouro é piedoso", iludiu-se. Buscou afastar os pensamentos infelizes. Logo voltou à vida de prazeres e luxos. E tanto fez que conseguiu desperdiçar os cem quilos de ouro dados pelo noivo-águia.

De volta ao velho castelo, o rei havia decidido nunca mais entrar na floresta nem ir ao campo. Mas o desejo por uma boa refeição acabou conduzindo seus pensamentos para o lago e os peixes.

Sua filha, habilidosa, confeccionou uma rede e iscas. E lá se foi o rei para as margens.

Desamarrou a balsa do trapiche, conduziu-a para o centro do imenso lago e lançou a rede.

Não precisou esperar muito para puxá-la. Estava cheia de peixes coloridos.

– Hoje teremos um banquete! – disse em voz alta, satisfeito.

Prendeu a rede e tentou manobrar a balsa. Entretanto, não importava o que fizesse, ela não se movia.

De repente, bolhas de ar eclodiram no lago, sacudindo a embarcação. Ela empinou e virou, atirando o monarca na água. O rei percebeu um rastro de borbulhas vindo em sua direção e nadou. Subiu na balsa e um jato de água explodiu ao seu lado.

Uma carpa branca com pintas vermelhas, enorme como um elefante, veio à superfície, rodeando a embarcação. Ela rasgou a rede com as barbatanas afiadas, libertando os peixes. Encarou o rei com olhos úmidos.

– Como se atreve a fisgar meus súditos sem a minha autorização? – disse, enfurecida. – Gosta de pescar? Vejamos como se sente sendo a pesca!

A carpa abriu a bocarra. A goela era um túnel avermelhado. A água escorreu por ela, e o rei compreendeu que seria engolido, com balsa e tudo!

– Pare, por favor! Eu suplico! – gritou. – Eu lhe darei qualquer coisa se não me matar!

A carpa fechou a boca. O rei respirou aliviado. A criatura nadou à sua frente e lhe disse:

– O que poderia me dar que eu já não possua? Tenho um reino de águas e servos marinhos. Nada no mundo dos homens me atrai. Você mente, criatura de duas pernas, e deverá morrer.

– O urso e a águia também me ameaçaram da mesma forma – disse o rei. – Fui poupado da fúria deles. Sei o que vem no final dessa negociação, e se tiver de sofrer, sofrerei de uma vez. Poupe minha vida, carpa, e lhe darei minha filha em casamento.

Aquelas palavras deixaram a boca do rei como se um punhal perfurasse seu coração. Ele estava morto por dentro. A carpa o olhava. Tocou um dos fios da rede e analisou a trama.

– Sua filha teceu esta rede, posso ver o amor e a dedicação filial nestas linhas – falou o peixe. – E mesmo sabendo disso, ofereceu-a em barganha! Os homens ainda podem me surpreender com suas atitudes apesar de tanto tempo!

O rei se sentiu imundo. Percebeu, tarde demais, que a criatura não pensou em pedir-lhe a filha.

– Aceito sua oferta, rei dos homens – disse a carpa. – Virei buscar minha noiva em sete meses. Como dote de casamento, lhe darei três sacas de pérolas das mais raras. Temos um acordo?

O rei apenas concordou com a cabeça, os ombros caídos.

Com um gesto da barbatana, a carpa atirou à balsa alguns peixes.

– Não quero que minha noiva passe fome. O lago irá alimentá-los até o dia da cerimônia – garantiu.

E mergulhou, causando um solavanco na embarcação.

O rei remou para a margem, atrelou a balsa, e caminhou carregando os peixes e a culpa.

A rainha e a princesa ficaram felizes com o alimento. O cheiro de peixe assado percorreu o ar. Mas o rei não os tocou. Nem nos outros que eram trazidos todos os dias para o castelo.

— Por que come apenas as batatas, meu pai? — quis saber a princesa.

— Porque o gosto delas é menos amargo — murmurou o rei.

Ao longo dos meses o rei admirava a beleza da filha, e lamentava a fraqueza e a covardia de seu coração. Não mandou recolher a ponte levadiça nem lacrou as portas e janelas. Seria inútil. A rainha e a princesa tentaram, em vão, saber o que o afligia.

Na manhã do primeiro dia do sétimo mês, a princesa encontrou o pai em frente ao poço, enchendo-o com suas lágrimas.

— Meu pai, o que o entristece? — ela quis saber, tocando sua mão.

O rei a abraçou, acariciando seus cabelos.

— Ah, minha filha! — ele disse. — O que faria se soubesse que um destino semelhante ao de suas irmãs a aguarda? E que não poderia mudá-lo?

A princesa encarou o pai com os olhos violetas e sorriu.

— Eu diria que o destino de uma pessoa só pode ser vivido por ela, e mais ninguém — respondeu. — E que meu velho pai não deve sofrer por isso.

Ele tomou as mãos da filha e as beijou. Ouviram então o som de cavalos. Olharam o caminho de pedras que conduzia ao poço e viram a carruagem prateada. Cavaleiros em armaduras cintilantes formavam seu séquito.

A carruagem parou e um belo jovem, de cabelos vermelhos e pele branca, desceu. Seus olhos negros encontraram os da princesa. O coração dela bateu mais que tambores.

O jovem fez uma curvatura e pediu:

— Poderia me dar um pouco de água, bela donzela?

A princesa mergulhou a concha no balde e a estendeu para o rapaz. Ele a bebeu.

— Quem é você? – ela perguntou, sem conseguir controlar a língua.

— Eu, minha querida, sou seu noivo prometido. E vim levá-la para o meu reino.

O rapaz enlaçou a cintura da jovem. Ela não ofereceu resistência. O amor havia brotado como a nascente que exige seguir seu fluxo.

— Você cumpriu sua parte no acordo – disse ele ao rei. – Despeça-se de sua filha.

O rei viu a felicidade nos olhos da princesa e suspirou:

— Adeus, menina audaz. Siga em frente, linda noiva da carpa voraz.

Os jovens entraram na carruagem. O veículo e a escolta partiram.

A rainha assistira à cena da janela. Correu e gritou pela filha. Foi amparada pelo marido.

— Como permitiu que nossa filha fosse levada dessa forma? – ela questionou, revoltada.

— Eu não tive escolha – murmurou o rei. – Prometi a alma, e hoje ela me foi arrancada, mais uma vez...

E revelou à esposa sobre a promessa feita à carpa. A rainha não conseguia parar de chorar. Tentando animá-la, ele comentou:

— Ela ficará bem. Não viu o olhar apaixonado entre eles? E nosso novo genro nos prometeu um generoso dote. Poderemos desfrutar de um futuro tranquilo.

Assim que disse aquelas palavras, um grupo de servos da carpa veio pela estrada. Traziam três pesadas sacas e as depositaram diante dos monarcas. Em seguida, foram embora.

O rei abriu uma delas. A saca estava abarrotada de pérolas grandes, como ovos de codornas. Eram novamente ricos.

— Acha que tesouros podem comprar minha dor? — a rainha chorava. — Minhas filhas valem mais do que todas as riquezas do mundo!

E recolheu-se para o castelo, arrastando as saias e a aflição.

O rei resgatou as propriedades, mas não a felicidade. Passou a viver sem extravagâncias ou exageros. A rainha chorava dia e noite. O marido buscava confortá-la, dizendo que as filhas eram felizes com os maridos. Mas no fundo acreditava que elas haviam morrido, devoradas pelas criaturas selvagens.

A rainha chorou mais lágrimas do que todas as pérolas que haviam recebido, mas acabou se conformando. O tempo resgata mesmo os mais desesperados. E como se a vida quisesse compensá-la pelo sofrimento, ela deu à luz um filho: um príncipe!

A alegria apoderou-se dos soberanos e do reino! O menino foi chamado de Reinaldo, que significava "criança milagrosa".

Reinaldo cresceu cercado de cuidados. Teve os melhores professores, mestres de armas e instrutores de cavalaria. Os criados comentavam:

— Ele tem os mesmos olhos das três princesas, suas irmãs.

Ouvindo aquilo, o príncipe Reinaldo, já um garoto de oito anos, perguntou à rainha:

— Mamãe, de que princesas os criados falam pelos corredores? Eu tenho irmãs que não conheço? Onde elas estão?

A rainha conteve o pranto. Um dia teria de conversar com o príncipe sobre elas, e o momento parecia ter chegado.

— Sim, meu querido — contou-lhe a mãe. — Você tem três belas irmãs, com os mesmos olhos violetas. Mas elas foram levadas há muito tempo por três perversas criaturas...

O garoto ouviu a história, inconformado. Nenhum cavaleiro quis salvar as princesas? O príncipe abraçou a mãe, fazendo uma promessa:

— Quando eu tiver dezesseis anos e for sagrado cavaleiro, irei atrás de minhas três irmãs e as livrarei das feras.

E o tempo, como dizem, às vezes não corre, mas voa.

Reinaldo completou dezesseis anos e recebeu seu conjunto de armadura e armas. E anunciou a missão que desejava seguir:

— Irei procurar minhas irmãs. Se as princesas estiverem vivas, eu as trarei para casa.

O rei negou veemente seu pedido.

— Meu pai e rei, acha que sou um covarde? — perguntou Reinaldo. — Sou um príncipe, e devo mostrar meu valor. Não posso viver carregando a vergonha de não haver tentado.

Aquelas palavras doeram no orgulho do rei. A determinação de Reinaldo o venceu.

No dia da partida do príncipe, a rainha chorava. Perderia mais um filho? O rei o abraçou, dando-lhe sua bênção, e ele montou o cavalo branco.

— Não chore, minha mãe — disse. — Eu voltarei e devolverei a honra à nossa família.

O príncipe partiu, sem olhar para trás. Cavalgou para o velho castelo. Passou uma noite lá e seguiu viagem. Ao chegar às imediações da floresta, o cavalo de Reinaldo empacou como se fosse uma mula. O príncipe desmontou.

Percebeu o olhar aterrorizado do animal e acariciou sua crina.

— Tudo bem, eu irei sozinho.

Vagou pela mata. O silêncio era incomum. Passou três noites no interior da floresta, vigiado pelas árvores. Na manhã do quarto dia ouviu sons. Desembainhou a espada.

Escondido nos arbustos espinhosos ele viu, a distância, a entrada de uma caverna.

Uma bela jovem estava sentada num banco. Ela segurava no colo um pequeno filhote de urso. Outro filhote, bem maior, corria e brincava como uma criança ao seu redor. A jovem ria. Reinaldo viu a cor de seus olhos. Violetas!

"Ela só pode ser a minha irmã!", pensou e deixou o esconderijo. O filhote maior resmungou ao vê-lo e correu para atacar o cavaleiro.

– Não, meu filho! Pare! – gritou a jovem ao ver a espada nas mãos do estranho.

Ela se levantou e correu também. Mas tropeçou e caiu. O filhote voltou e lambeu seu rosto. Ela chorava.

– Por favor, não quero assustá-la – o príncipe falou com calma. – Querida irmã, eu sou seu irmão, Reinaldo. Vim para encontrá-la e libertá-la do urso.

A jovem o encarou, incrédula. Como poderia ter um irmão? Analisou a figura do rapaz. Ele tinha os cabelos de seu pai, o queixo fino de sua mãe... e os mesmos olhos violetas que ela e suas irmãs! Ficou em pé e tocou seu rosto.

– Um irmão... – sussurrou a princesa. – Ah, como a nossa mãe deve estar feliz! Ela sempre desejou ter um filho.

Abraçaram-se, emocionados. Ela o levou para dentro da caverna. A toca era escura, mas assim que os olhos de Reinaldo se acostumaram à penumbra reconheceu um monte de folhas e gravetos. Havia uma bela cama de ouro e pedras preciosas ao lado dele.

– Ali dormem meu marido e meus filhos – disse a jovem, apontando o leito de folhas. – Esta é minha cama, um presente de casamento de meu esposo.

Ela sorriu ao falar do marido-urso, como a mais apaixonada das mulheres.

– Nossa mãe me explicou o que aconteceu. Por que não tentou fugir? Voltar para casa? – Reinaldo quis saber.

E a irmã lhe contou. Depois que deixara a torre do castelo com o noivo, ela fora levada a um lindo palácio na floresta. Criados a receberam e houve uma festa de casamento! Ela adormecera feliz.

Mas, pela manhã, despertara naquela toca de urso. A única coisa que havia restado da opulência da noite anterior fora a cama de ouro. Não encontrou o marido, e aos pés do leito havia um urso marrom.

— Você não sabia que ele era um urso? — Reinaldo indagou.

— Até aquele momento, não — a irmã reconheceu. — Durante os seis dias seguintes o urso me trouxe alimentos e fez tudo o que eu pedi. No sétimo dia, ele se transformou: era meu marido. E me revelou que a cada sete dias aquela mudança acontecia. A toca tornava-se um castelo e os animais da floresta, seus súditos. Ele também falou que o tempo passaria mais devagar para mim. Envelheci muito pouco em todos esses anos. Sofri muito ao descobrir a verdade, mas eu o amava. Não poderia deixá-lo. E desse amor nasceram dois filhos.

Orgulhosa, ela mostrava os filhotes que rolavam pela palha.

— Assim como o pai, eles também viram pessoas a cada sete dias — a jovem explicou. — Mas agora que sabe de tudo, meu irmão, deve partir! Meu marido voltará em breve. Se o encontrar aqui, irá devorá-lo! Ele não pode controlar a fera.

— Não tenho medo — disse o príncipe.

Ela ia retrucar, mas era tarde. Ouviu o chamado do

marido-urso. Os filhotes correram para fora, para saudar o pai, e a princesa agarrou o braço de Reinaldo.

– Venha, esconda-se aqui! Rápido!

Ela o empurrou para debaixo da cama, ocultando-o com as colchas de seda. Através de uma fresta nas franjas do barrado, Reinaldo viu o urso marrom. Era maior do que pensava! Tocou o cabo de sua espada e esperou, em silêncio.

O urso caminhou pela toca. Farejou o ar. Moveu o focinho e disse numa voz gutural:

– Sinto cheiro de carne humana!

– Claro que sente, meu marido. É a mim que está farejando. Sou humana – respondeu a esposa, sentando-se na cama com aparente tranquilidade.

O urso, entretanto, continuava agitado. Tentou olhar debaixo do leito, mas a esposa o deteve, acariciando sua orelha.

– Havia um cavalo na entrada da floresta e eu o devorei – disse o urso. – Ele pertencia a alguma pessoa.

– Meu esposo! Passa o dia todo fora e ao retornar só pensa em ameaças? – ela ralhou. Pegou uma chaleira que borbulhava na fogueira e despejou a bebida numa tigela. – Aqui, tome um pouco deste chá. Vai acalmar seu ânimo.

Reinaldo assistiu à rotina de vida daquela família mágica. O urso tratava bem a esposa e os filhotes. Eram felizes, apesar da estranha condição. Sob o efeito do chá, o marido-urso adormeceu na palha, com a pata na boca. A jovem cantarolou para ninar os filhos. O som fez Reinaldo adormecer também.

Ao acordar, estava deitado numa cama larga com lençóis limpos. O quarto era espaçoso, e as paredes exibiam tapeçarias e cortinas luxuosas. Criados trouxeram roupas, água para o banho e o café da manhã.

– Bom dia, alteza – disse um dos servos. – Assim que estiver alimentado e vestido, o rei e sua esposa o encontrarão no salão real.

Reinaldo entendeu então que aquele deveria ser o sétimo dia!

Chegou ao salão e encontrou a irmã sentada no trono, ao lado de um homem de cabelos e olhos escuros, com trajes cor de terra. Havia dois meninos com eles: seus filhos.

Uma festa fora preparada, e o rei recebeu o cunhado com alegria. A irmã estava radiante.

"Minha missão aqui está cumprida", o príncipe pensou.

O anoitecer caiu sobre o reino. A rainha mirou a lua e disse:

– Meu irmão, eu devo pedir que parta antes do amanhecer. Meu marido voltará a ser um urso e seus instintos o obrigarão a atacá-lo. Diga a nossos pais que sou feliz e não devem se culpar. Que vivam em paz.

– Eu percebo que é feliz – respondeu Reinaldo. – Mas e quanto à nossas irmãs? Elas estarão bem? Preciso descobrir, por isso continuarei a minha jornada.

– Você é mesmo uma "criança milagrosa", meu irmão – ela sorriu.

A irmã o abraçou e o rei, que a tudo ouvira, aproximou-se.

– O rei-águia e o rei-carpa são ferozes na forma animal – disse ao cunhado. – Leve isto com você.

Entregou ao príncipe três tufos de pelos de urso.

– Se estiver em perigo, esfregue estes pelos. Eu virei para ajudá-lo – prometeu.

Pela madrugada Reinaldo embarcou numa carruagem que o conduziu para o outro lado da floresta. O sol nasceu ao alcançar o campo. Desembarcou. O coche e os cavalos desapareceram, e em seu lugar formigas empurravam uma casca de noz para a mata.

Reinaldo olhou a extensão da campina. Vislumbrou uma montanha ao longe e seguiu naquela direção. Estava próximo dela quando ouviu o som de uma ave. Escondeu-se atrás de uma rocha. Uma grande águia voava acima dele; planou sobre uma escarpa na montanha e pousou em um ninho gigante. Tinha um porte majestoso.

"Será esse o rei-águia?", Reinaldo pensou, esperando que a ave saísse dali.

Vigiou por horas. A águia finalmente bateu as asas e voou. Reinaldo subiu a encosta e aproximou-se do ninho. Mas ele era de difícil acesso e não conseguiria alcançá-lo sem ajuda. Percebeu que dele vinha uma voz que cantarolava uma canção. Chamou:

– É a esposa do rei-águia que canta?

Houve um momento de silêncio. Então, a cabeça de uma jovem apareceu entre os galhos trançados. Ela tinha os mesmos olhos de Reinaldo.

– O que faz aqui? Fuja antes que meu marido volte! – ela avisou.

Georgette Silen

— Irmã! Sou seu irmão, Reinaldo — o príncipe disse.

A garota abriu a boca, surpresa.

— Reinaldo, você veio! — ela disse, feliz. — Os súditos do rei-urso contaram sobre sua façanha na floresta. Espere um pouco.

Uma escada feita de cipós e penas foi atirada pela encosta. Reinaldo subiu e pulou para dentro do ninho. A irmã protegia-se do sol debaixo de um rico toldo de seda rosa, cheio de penduricalhos. Almofadas douradas a mantinham confortável. Havia fartura de alimentos e bebidas.

Ela se levantou com cuidado, ajeitando algo sob os lençóis, e veio beijar o irmão. Mas rapidamente voltou ao assento. Reinaldo pôde ver por que: um ovo do tamanho de um bebê repousava ali, envolvido por mantas e plumas para permanecer aquecido. A princesa o rodeou com as pernas. Reinaldo entendeu que dele nasceria o filho do rei-águia.

— Meu querido irmão! Conte-me notícias de casa. Como estão nossos pais? — ela pediu.

Ele se sentou. Conversaram durante toda a tarde. Reinaldo ficou sabendo da transformação do rei-águia em homem, que o tempo também corria mais devagar para a irmã e de muitas outras histórias.

Mal o sol começou a se pôr, a jovem pediu:

— Preciso que vá embora. Logo meu marido retornará. Se o encontrar, arrancará seus olhos e comerá seu coração. Ele só voltará à forma humana em sete semanas.

— Vejo que você o ama e é feliz — Reinaldo respondeu. — Mas assim como conheci meu cunhado urso, quero conhecer seu marido. Ficarei até que ele se transforme.

A irmã tentou dissuadi-lo, mas de nada adiantou.

— Esconda-se no oco daquela árvore — ela apontou. — Eu lhe darei comida e bebida. Não saia de lá enquanto meu marido estiver por aqui.

E assim Reinaldo fez. Oculto na árvore, viu a águia chegar, trazendo alimentos para a esposa. Também percebeu o carinho com que ele a tratava e o cuidado com o ovo.

Só teve medo ao ver os olhos de rapina se fixarem em seu esconderijo.

— Sinto que há gente aqui — disse a águia.

— Claro que há, querido marido. Eu sou gente — respondeu a irmã de Reinaldo, distraindo-o.

Nas semanas que se seguiram, Reinaldo permaneceu escondido. Por duas vezes a águia atacou a árvore com as garras, desconfiada. Mas a esposa conseguiu convencer o marido de que aquilo era fruto de sua imaginação. O rei-águia fazia tudo o que ela queria. Sempre que ele voava para buscar comida, Reinaldo saía do tronco e fazia companhia à irmã. Ela tecia mantas e roupas para o bebê.

Na primeira manhã da sétima semana, Reinaldo acordou em um leito majestoso. Grandioso também era o castelo do rei-águia, cujas torres desapareciam entre as nuvens. Criados vieram e o vestiram com gala. Reinaldo entrou no salão real, encantado com sua beleza.

A irmã exibia uma barriga de gravidez, acariciada por um homem loiro, de roupas brancas e manto de plumas. Ao vê-lo, ambos sorriram. O rei desceu do trono e o saudou:

– Seja bem-vindo ao meu reino, irmão!

Nos sete dias em que o rei permaneceu como homem, viveu alegremente com a família da irmã.

Na sétima noite, ele se despediu.

– Vai voltar para casa, irmão? – perguntou a rainha.

– Ainda não – respondeu Reinaldo. – Preciso encontrar nossa irmã, que foi levada pelo rei-carpa.

Ao ouvir aquilo, o rei-águia entregou-lhe três penas.

– Boa sorte em sua busca, meu cunhado. E se estiver em apuros, esfregue estas penas e eu virei para ajudá-lo – recomendou o rei.

Alguns criados acompanharam Reinaldo ao lago, onde habitava o rei-carpa. Mas na metade do caminho, amanheceu. Os servos viraram pássaros coloridos e se foram. Reinaldo continuou sozinho o trajeto.

Alcançou o lago ao meio-dia: era imenso, maior do que imaginava. No trapiche, encontrou a balsa abandonada. Despiu-se da armadura e subiu a bordo. Remou durante algumas horas, mas nada viu além de água.

"Como farei para encontrar minha irmã?", pensou. Havia movimentos na superfície e ele distinguiu um pequeno cardume de carpas coloridas. Pegou um pedaço de pão e o esfarelou na água. Logo os peixes nadavam ao seu redor.

— Amigos, podem procurar a esposa do rei-carpa e dizer a ela que Reinaldo, seu irmão, está aqui e deseja vê-la? – ele pediu.

Mas os peixes comeram o pão e foram embora. O príncipe voltou a remar, indo para o meio do lago. Percebeu então uma fumaça leve que subia das águas. Deparou-se com uma chaminé de cristal, por onde saía um aroma agradável de pães assados.

"Só pode ser esta a casa de minha irmã!", ele concluiu. A chaminé transparente era larga o suficiente para que entrasse. Saltou da balsa e escorregou por ela, com cuidado. Engasgou com a fumaça e sentiu o calor do braseiro sob os pés, mas não desistiu.

A terceira irmã de Reinaldo quase morreu de susto ao ver um par de pernas se balançando na lareira de cristal. Em seguida, um homem caiu coberto de fuligem. Os olhos violetas de Reinaldo a encararam, e ela o reconheceu.

— Você é meu irmão Reinaldo? Aquele do qual as criaturas do campo e da floresta falaram? – ela perguntou, sorrindo.

— Sim, sou eu, minha irmã!

Eles se abraçaram, felizes. Ao se afastarem, Reinaldo compreendeu que estava numa caverna de cristal submersa. Ele podia ver os peixes nadando do lado de fora, as plantas aquáticas, os seixos e rochas. Dentro da caverna havia uma cama feita de conchas e escamas, coberta por lençóis. Não faltava ar para que sua irmã respirasse e as paredes eram fortes para impedir a água de entrar.

— Ah, meu irmão! Dê-me notícias de nossos pais e de minhas irmãs! – pediu a jovem, que mantinha a mesma aparência do dia em que se casara com o rei-carpa.

Por muitas horas eles riram e choraram. Ela lhe serviu os pães que havia assado. A luz do sol ameaçou morrer na superfície, e a irmã do príncipe se inquietou.

— Meu marido, o rei-carpa, ouviu falar que você viria para cá – ela alertou Reinaldo. – Ele disse que se o encontrasse iria engoli-lo. Não há como evitar isso, não antes que ele se transforme daqui a sete meses.

— Não pode me esconder? – ele pediu.

— Impossível! As paredes são transparentes! Ele irá vê-lo, destruirá a caverna e nos afogaremos, porque permiti a sua entrada. Você precisa ir embora!

Reinaldo concordou e se preparou para partir. Mas uma agitação nas águas fez os peixes fugirem. Uma sombra cobriu a caverna de cristal. A irmã tremeu.

— Tarde demais! É ele! – ela disse.

Reinaldo olhou as paredes. De qualquer ângulo, o rei-carpa poderia enxergá-lo. Então viu um grande amontoado de lenha num canto. Era a madeira destinada à lareira.

— Acho que sei onde posso me esconder – ele apontou o lugar.

A irmã entendeu o plano. Ele se meteu entre as toras e ela as ajeitou para que ficasse oculto aos olhos do marido. Sentou-se e passou a costurar calmamente.

O rei-carpa nadou em volta da caverna, admirando sua bela esposa. Mas percebeu as marcas de dedos na lareira e pegadas de fuligem pelo chão. Aproximou-se e disse:

— Vejo sinais de gente aí dentro!

— Ora, querido marido. Claro que vê, pois eu sou gente. Estava limpando a chaminé – respondeu a esposa, com um sorriso.

Não satisfeito, o rei-carpa nadou rente às paredes. Passou pelo monte de lenha e vislumbrou um pedaço da roupa de Reinaldo. Furioso, bateu com a cabeça no cristal, provocando um estrondo.

— De quem é aquela roupa que ali está? – perguntou.

Tremendo feito uma folha ao vento, a jovem rasgou o tecido.

— Isto é um trapo – respondeu. – Eu o usei para limpar a lareira.

O marido não parecia convencido. Nadou até que anoitecesse e a esposa fosse dormir. Reinaldo permaneceu imóvel.

A cada amanhecer, o rei-carpa aparecia. Trazia mantimentos e vigiava o monte de lenha por algum tempo, antes de partir. Reinaldo deixava o esconderijo e ficava com a irmã.

Na primeira manhã do sétimo mês, o príncipe despertou em um leito cravejado de pérolas. As paredes eram sólidas e no ar pairava o aroma de algas. Levantou-se da cama e foi para a janela. Estava em um castelo, numa ilha no meio do lago. Criados vieram e o vestiram, e ele foi levado à presença do rei e sua esposa.

> *A madrepérola reveste o interior de diversas conchas e é o principal componente da formação das pérolas.*

O salão real era decorado com prata, e os tronos feitos de madrepérola. A irmã veio abraçá-lo, seguida pelo marido. E o dia foi dedicado às festas. Como o rei só se transformaria em carpa dali a trinta dias, Reinaldo aproveitou a hospedagem.

E o mês chegou ao fim. Na despedida, a irmã de Reinaldo perguntou:

— Para onde irá agora, meu irmão?

— Voltarei para casa e direi aos nossos pais que suas filhas são felizes — ele respondeu. — Isso trará paz ao coração deles.

A irmã concordou. O rei entregou-lhe três escamas, dizendo:

— Faça uma boa viagem, cunhado. E se estiver em perigo, esfregue estas escamas. Eu virei em sua ajuda.

A mando do rei, servos conduziram Reinaldo à margem. Ao nascer do sol, a barca que usaram transformou-se numa concha. Os criados viraram peixes.

Reinaldo procurou pelo caminho de casa, mas percebeu que havia sido deixado em um local desconhecido.

"Onde estou?", ele se perguntou.

Caminhou por seis dias e sete noites, perdido. Na sétima manhã, avistou algo: um castelo, com um fosso de águas a rodeá-lo.

Aproximou-se, curioso. Atravessou a ponte

sobre o fosso e parou em frente a uma porta de aço. Examinou a fechadura. Pensava em como abriria aquela porta quando ouviu um mugido feroz. O trotar de patas estremeceu o solo. Reinaldo virou-se.

Um touro negro, com olhos em brasa, vinha em sua direção.

Sacou a espada. O animal raspou os cascos dianteiros no chão e o atacou. Reinaldo o atingiu com a lâmina, mas ela se partiu em vários pedaços como se fosse feita de vidro. Usou a lança e teve o mesmo resultado.

O touro o agarrou com os chifres e o jogou. Reinaldo caiu a metros de distância. Levantou-se com dificuldade. O animal guardava a porta. Suas narinas fumegavam, e ele se preparava para investir novamente contra o príncipe. Ele não teria como derrotá-lo.

"A menos que...", Reinaldo teve uma súbita lembrança. Pegou os três pelos de urso, dados por seu cunhado, e esfregou-os entre as mãos.

Um urro agitou o ar. Reinaldo olhou a ponte e viu o urso marrom correndo para o castelo. O touro o atacou. Os dois animais lutaram com vigor por algum tempo, sacudindo o chão. Com um golpe certeiro, as garras do urso acertaram a barriga do touro. Ele mugiu e desabou, derrotado. Ficou imóvel.

O rei-urso virou-se para Reinaldo e desapareceu.

O príncipe mancou para a porta. Mas ao passar pelo touro caído, algo aconteceu.

— O que é isso? — ele perguntou, arregalando os olhos.

Da barriga dilacerada do animal, uma ave desconhecida saiu. Ela sobrevoou Reinaldo e mergulhou para atacá-lo. O príncipe se desviava como podia. A ave soltava trinados ferozes e tentava alcançá-lo. Ele se jogou ao solo e rastejou.

"Se estiver em perigo, esfregue estas penas. Eu virei ajudá-lo", as palavras do rei-águia vieram à sua cabeça. Reinaldo friccionou as penas. A ave desceu para dar o golpe final.

Antes que conseguisse tocar em Reinaldo, uma águia gigante atracou-se com ela em pleno ar. As criaturas se golpeavam com garras e bicos afiados. Uma chuva de penas caía sobre o príncipe. A luta feroz durou até o rei-águia enfiar as unhas no abdômen da ave. Ela piou alto.

A criatura despencou ao lado da ponte. A águia planou e foi embora.

O corpo da ave morta se torceu em espasmos. De sua barriga saltou um ovo de ouro. Ele rolou pela borda do fosso e mergulhou nas águas.

Reinaldo caminhou para a beirada. Ajoelhou-se e contemplou a escuridão do fosso profundo. Não conseguiria alcançar a joia. Teria de ser um peixe para tanto.

Ao pensar nisso, Reinaldo procurou as três escamas dadas por seu cunhado, o rei-carpa. E as esfregou.

Uma onda agitou as águas do fosso. Um jato líquido subiu aos céus. O rei-carpa apareceu diante dele, observando-o com os olhos moles. Reinaldo pediu:

— Por favor, pode recuperar o ovo de ouro das profundezas?

O rei-carpa mergulhou. Minutos depois, voltava à

superfície. Na margem, abriu a boca. Sua goela cuspiu o ovo de ouro, que caiu aos pés de Reinaldo. Ele segurou a joia e acenou com a cabeça para o cunhado.

– Obrigado.

O peixe submergiu.

Reinaldo virou o ovo nas mãos. Ao fazer isso, ouviu um tilintar em seu interior. Chacoalhou-o com força e o som aumentou. Tentou quebrá-lo com os dedos, mas era duro demais. Bateu o ovo em uma pedra seguidas vezes. A casca trincou. Reinaldo separou as metades e encontrou uma chave prateada.

Pegou-a e admirou seu entalhe. Reconheceu que o desenho era o mesmo da fechadura da porta do castelo. Colocou a chave no buraco e girou.

A pesada porta se abriu. O príncipe entrou e encontrou outra porta. E outra. E mais outra.

A cada vez que abria uma delas, um salão ricamente decorado surgia. Ao passar pela sétima porta, viu-se em um quarto. O rapaz prendeu o fôlego.

Uma jovem, de cabelos escuros, dormia em um leito. Um véu cobria a cama. Na cabeceira, havia um grande quadro negro. Várias velas iluminavam o cômodo.

– Como é linda! – o príncipe sussurrou.

Reinaldo tocou o rosto da garota com suavidade. Desejou saber de que cor seriam seus olhos.

– Linda donzela, acorde – ele pediu. – Passei pelo touro, pela ave e pelo fosso. Faria tudo outra vez apenas para contemplá-la, acredite. Nada me tornaria mais feliz do que ouvir sua voz. Por favor, fale comigo.

A respiração compassada da jovem foi a única resposta, imersa em um sono profundo. Reinaldo sacudiu de leve seu ombro, pegou-lhe a mão, tornou a chamá-la. Nada a fez acordar. O coração do príncipe se apertou.

Sentou-se ao seu lado e ali ficou. Contou-lhe sua história, de seus pais, suas irmãs e seus cunhados. Falou sobre seus sonhos.

— Gostaria de poder vivê-los com você — disse Reinaldo, apaixonado.

Dias se passaram e ele velou o sono da garota. Temia deixá-la e não vê-la despertar. Em algum momento, acreditava que aquilo iria acontecer: ela acordaria e seriam felizes para sempre. Porém, os dias se tornaram semanas, e as semanas caminharam para meses. E um devotado príncipe perdia as esperanças como se perdem os sonhos ao despertar.

— Ah, bela dama! Não faça isso comigo — pediu. — Agora que encontro o amor, anseio por um sorriso, um olhar, uma palavra. Por favor, não me deixe nesse silêncio, nesse vazio. Eu suplico.

Mas foi o silêncio que ele recebeu. E o vazio ecoou suas palavras pelos corredores. Compreendia naquele momento o amor que as três princesas sentiam pelos maridos. Mesmo com todas as dificuldades diante de si, Reinaldo jamais abandonaria aquela garota, a quem amava; assim como as irmãs não deixariam os esposos.

Curvou-se e depositou um beijo nos lábios da donzela.

Teve raiva do destino que brincava com a vida de

sua família. Que oferecia o amor para, ao mesmo tempo, negá-lo. Socou com violência o quadro negro na cabeceira.

A moldura trincou.

A jovem adormecida moveu as pálpebras. Eles se entreolharam.

– Seus olhos são azuis! – ele murmurou. Ela sorriu.

Mas logo em seguida voltou a dormir. Reinaldo olhou para o quadro negro e não hesitou. Retirou-o da parede e jogou-o ao chão, quebrando-o em vários pedaços.

A jovem abriu os olhos de uma só vez.

Sentou-se na cama e olhou para Reinaldo. O rapaz sorriu, enternecido. E recebeu um sorriso de igual ternura.

– É você? A "criança milagrosa" que viria para me resgatar? E aos meus irmãos? – perguntou a garota.

Reinaldo não sabia quem era a "criança milagrosa", quem eram os irmãos da garota, nem em que mundo estava ou quem ele era. Tudo o que lhe importava era o sorriso da jovem de olhos azuis. Da mulher que ele amaria pelo resto da vida.

– Um feiticeiro negro certa vez cortejou minha mão – revelou a jovem. – Eu o recusei e fui condenada ao sono eterno. Meus irmãos lutaram contra ele, mas foram transformados em bestas selvagens da terra, do céu e da água, aprisionados a uma meia-vida de homem e fera.

Seus reinos e súditos compartilharam da sina. Porém, fora previsto que uma "criança milagrosa", nascida para aplacar três dores, viria. Esse predestinado teria laços de parentesco com meus irmãos e seria guiado para cá. O feitiço havia sido posto no quadro negro e duraria tanto quanto ele. Você o destruiu, e nos libertou.

A garota sorria, segurando a mão de Reinaldo.

– Eu ouvi as histórias que me contou durante meu sono – ela continuou. – Suas aventuras, sobre suas irmãs, seus sonhos. Eu o amava um pouco mais a cada vez que falava comigo. Escutava sua voz e desejava poder ver a cor de seus olhos.

– E eu a amei assim que a vi, adormecida como uma linda flor que haveria de se abrir na primavera – Reinaldo falou, emocionado.

Atravessaram os portões do castelo de mãos dadas. Do lado de fora, encontraram os três cunhados de Reinaldo – e irmãos da princesa adormecida. Como homens, montavam seus cavalos.

Os três irmãos haviam mantido a comunicação entre si durante os últimos meses; o rei-carpa propositalmente mandara os criados deixarem Reinaldo na trilha para o castelo onde a irmã dormia. Os reis também lhe deram os pelos, as penas e as escamas para ajudá-lo a enfrentar os guardiões do portão, na esperança de quebrar o feitiço.

As três irmãs do príncipe, sorridentes, os abraçaram. Reinaldo reviu seus sobrinhos e conheceu a sobrinha, uma bela garotinha que a irmã dera à luz após sua visita ao reino da águia. Por detrás deles, súditos dos três reinos o saudavam.

Reinaldo e a princesa foram ovacionados.

Seguiram então para o castelo do velho rei.

As filhas ansiavam por rever os pais. Reinaldo desejava apresentar a sua noiva. A jornada em busca das irmãs trouxera ao rapaz muito mais do que ele imaginara.

Assim, três irmãos caminharam com suas esposas.

Três irmãs acompanharam seus maridos.

E um príncipe e uma princesa andavam, lado a lado.

Seriam felizes para sempre.

Bibliografia de referência:

BETTELHEIM, Bruno. *A psicanálise dos contos de fadas.* 1. ed. Trad. Arlene Caetano. Rio de Janeiro: Paz e Terra, 1980.

BRANDÃO, Adelino. *A presença dos irmãos Grimm na literatura infantil e no folclore brasileiro.* 1. ed. São Paulo: Ibrasa, 1995.

CANTON, Katia. *Os contos que brotam nas florestas; Na trilha dos Irmãos Grimm.* 1. ed. São Paulo: Difusão Cultural do Livro, 1997.

CASCUDO, Luís da Câmara. *Contos tradicionais do Brasil.* 5. ed. São Paulo: Global, 2000.

COELHO, Nelly Novaes. *O conto de fadas.* 4. ed. São Paulo: Ática, 1987. (Série Princípios, 103).

___. *Panorama histórico da literatura infantil juvenil; Das origens indo-europeias ao Brasil contemporâneo.* 4. ed. rev. São Paulo: Ática, 1991.

___. *Literatura infantil brasileira; Teoria, análise, didática.* 6. ed. rev. São Paulo: Ática, 1997.

___. *O conto de fadas – símbolos, mitos, arquétipos.* 4. ed. São Paulo: DCL, 2003.

CORTEZ, Maria Teresa. *Os contos de Grimm em Portugal. A recepção dos* Kinder- und Hausmärchen *entre 1837 e 1910*. Coimbra: Minerva Coimbra; Centro Universitário de Estudos Germanísticos; Universidade de Aveiro; 2001.

FRANZ, Marie Louise von. *O significado psicológico dos motivos de redenção nos contos de fadas*. 1. ed. São Paulo: Cultrix, 1980.

___. *A sombra e o mal nos contos de fadas*. 1. ed. São Paulo: Edições Paulinas, 1985.

___. *A individuação nos contos de fadas*. 1. ed. São Paulo: Edições Paulinas, 1985.

___. *O feminino nos contos de fadas*. 1. ed. São Paulo: Edições Paulinas, 1985.

___. *A interpretação dos contos de fada*. Trad. Maria Elci Spaccaquerque Barbosa. 3. ed. São Paulo: Paulus, 1990. (Amor e Psique).

GRIMM, Jacob e Wilhelm. *Contos maravilhosos infantis e domésticos 1812-1815 – tomos 1 e 2*. Trad. Christine Röhrig. 1. ed., 2. reimpr. São Paulo: Cosac Naify, 2012.

GRIMM, Jacob e Wilhelm. *Grimm's household tales with the author's notes*. 1. ed. England: London G. Bell & Sons, 1910.

HAIML, Luiz Francisco. *Os dois lados do espelho; a representação da bruxaria nos contos de Grimm*. Dissertação de Mestrado defendida em 1996 junto à Pontifícia Universidade Católica do Rio Grande do Sul.

SOUZA, Angela Leite de. *Contos de fada: Grimm e a literatura oral no Brasil*. 1. ed. Belo Horizonte: Editora Lê, 1996. (Coleção Apoio).

SOUZA, Ruth Villela Alves de. *Presença dos autores alemães nos livros infantis brasileiros.* 1. ed. Rio de Janeiro: Fundação Nacional do Livro Infantil e Juvenil, 1979.

TRUSEN, Sylvia Maria. *Do veto à alteridade: nas sendas do conto dos Grimm.* 1. ed. Rio de Janeiro: Brathair, 2005.

VOLOBUEF, Karin. *Um estudo do conto de fadas.* Revista de Letras. São Paulo (UNESP), v. 33, p. 99-114, 1993.

____. *Os irmãos Grimm: entre a magia e a erudição.* In: GARCIA Flávio et al. (Org.). *Anais do VII Painel Reflexões sobre o Insólito na narrativa ficcional / II Encontro Nacional O Insólito como Questão na Narrativa Ficcional: "Insólito, Mitos, Lendas, Crenças"* - Conferências. Rio de Janeiro: Dialogarts, 2011. p. 12-23. Disponível em: http://www.dialogarts.uerj.br/arquivos/vii_painel_ii_enc_nac_confer.pdf

____. *Contos dos Grimm: herança do folclore, matéria filológica, criação literária.* In: MOURA, Magali; CAMBEIRO, Delia (Org.). *Magias, encantamentos e metamorfoses: Fabulações modernas e suas expressões no imaginário contemporâneo.* Rio de Janeiro: De Letras, 2013, p. 15-31.

VOLOBUEF, Karin. *Os Irmãos Grimm e as raízes míticas dos contos de fadas.* In: VOLOBUEF, Karin; ALVAREZ, Roxana Guadalupe Herrera; WIMMER, Norma. (Org.). *Dimensões do fantástico, mítico e maravilhoso.* São Paulo: Cultura Acadêmica, 2011. (Série Estudos Literários, 10). p. 47-61.

Esta obra foi composta em Garamond corpo 12, entrelinha 16 e
impresso em papel Polen Soft 80 g/m³ (miolo)
e Cartão Supremo 250 g/m³ (capa).